ホームドアから離れてください

北川樹

Kitagawa
Itsuki

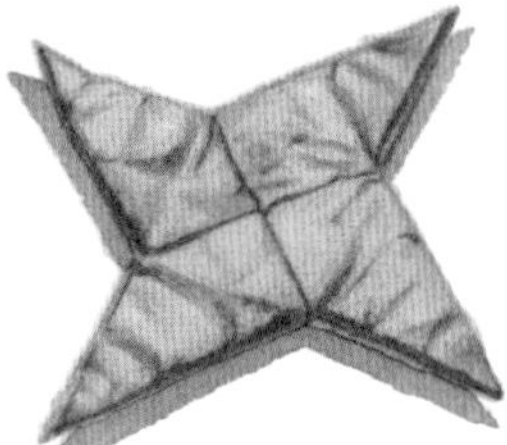

幻冬舎

ホームドアから離れてください

空色ポスト写真展のご案内

新宿の木々が鮮やかに色づきはじめ、ようやく秋を感じる頃となりました。皆様いかがお過ごしでしょうか。

おかげさまで、空色ポストは五周年を迎えます。それを記念して、このたび「空色ポスト写真展」と題しまして、五年の間に寄せられたおよそ千枚の写真のうち百枚を展示する運びとなりました。詳細は別紙をご覧いただければと存じます。

そして、貴方の作品も百枚の中に選出させていただいております。空色ポスト運営部が独自に選考いたしました。コピーを同封しましたので、ご確認のうえ、お手数ですが展示の可否を以下までご連絡いただくようお願い申し上げます。また、展示するのは現物ではなく、複製となります。あらかじめご了承ください。

ぜひ本写真展にお越しいただければ幸甚です。お目にかかれることを楽しみにしております。

ホームドアから離れてください　目次

装幀　田中久子
装画　西山竜平

オンコチシンについて

I

「コウキくん、新しい学校で、元気にやっているらしい」

カキフライにソースをかけながら父がいった。ソースは衣を伝い落ち、皿に溜《た》まる。

父には少し、無神経なところがあった。会社でどうなのかは知らないけれど、ときどき心に土足で踏み込んでくる。母はそんなこと気にも留めずに「へえ、それはよかったねえ」と返すが、ずぼらなだけだ。その証拠に、カキフライの衣の厚さがものによって全然ちがう。

僕は無言で白米をかき込んだ。残りの米の量がちょうどいい塩梅《あんばい》になると、納豆のパックを開け、付属のたれとからしを入れる。からしが先だ。からしの量は小学生のころに比べればだいぶん多くなったけれど、それでも全体の十分の一も使わない。たれはぜんぶ注ぐ。

納豆をかき混ぜるのには専用の食器を使うのが僕の流儀だ。白い、先が二股に分かれた棒状のプラスチック。二股の部分には細かいイボイボがいくつもついていて、これが納豆に空気を送り込んで泡を立てる。むかし、名人は右に百回、左に百回かき混ぜるといううわさが囁《ささや》かれたが、そこまでする必要はない。正確に数えたことはないけれど、僕は右に三、四十回程度で、そうとう泡立った、しなやかな納豆をつくることができる。

食べごろの納豆を載せた白米を、またかき込んだ。おかずには目もくれない。たまに味噌汁《みそしる》を啜《すす》った。赤より白味噌派だ。

いい子だったよねえ、と母が父に話している。ふたりが隣どうしに座って、僕は母の前にいるかたちだ。「そうだな」と、コウキには数回しか会ったことがないはずの父が相槌《あいづち》を打った。「しかし……ああいうことになって、ほんとうに」

「ねえ、ダイスケ、憶《おぼ》えてる？　コウキくんよ」

なかなか会話に入ってこない僕を見かね、母が話を振ってきた。

憶えてるよ、と皿に視線を落としたまま答えた。「あたりまえのこと、訊《き》かないで」

こんどはカキフライに手をつける。この衣は厚かった。上下の奥歯のあいだで、衣は粉々に弾《はじ》ける。カキの腹が口のなかであらわになり、しっとりとした食感が広がった。無心で、無言で、食べる。目に映るのはカキフライだけだった。そうすると、ほんとうに自分が食べることに夢中になっている心地がした。噛《か》む音だけが骨を伝わって耳に響いていた。体の軸は少しもぶれないで、箸《はし》が口と皿とを忙しく往復した。

ごちそうさま、と手を合わせ、席を立った。

食器を下げ、二階の自室に引き揚げる。スリッパ越しに感じる階段の温度がいつもよりぬるい。カーテンを閉める。六畳一間の右角に置いた本棚から、読みかけの小説を取り出した。左隣の勉強机に向かい、あくびをしてから開く。ハードカバーの単行本で、帯も、本屋にあったままの状態で巻いてある。読みかけとはいっても、読むのはたぶん五回めくらいだ。傷つけたり汚したりしないように、ていねいに読んできた。それでもページの端が折れたり、カバーに鉛筆かなにかの汚れがついたり、帯の折れ曲がった部分が破れたりしている。

本のカバーを外すと出てくる表紙には、物語のひとコマひとコマが、柔らかな筆致で描いてあった。カバーを外す習慣のなかった僕は、去年これに偶然気づいて感動した。

三人の、僕と同じくらいの年ごろの主人公たち。彼らは居場所を求めて逃げつづけていた。陸上生活を諦め、海に賭けた大昔のくじらになりたがっていた。

いまごろ両親は僕の話をしているだろう。ダイスケはコウキくんのこと嫌いになったのか。父が怒った声でそういいだして、母はきっと、そんなことないと思うけど、とのんびり答えるだろう。じゃあ、どうしてあんな態度をとる。さあ、ねえ、あの子ももうすぐ十四だから。まだ子どもじゃないか。まあ、ねえ。

嫌だ、と思った。

コウキくん、新しい学校で、元気にやっているらしい。父の声が消えなかった。脳みそを執拗《しつよう》にかき混ぜられる。そのせいで読書が全然はかどらなかった。僕の親しんだ物語を綴《つづ》る文字の羅列は、いつものようには目に入り込んできてくれない。文字が瞳をくぐり抜ける前にほろほろ落ちていく。それは紙どころか机からも滑り落ち、僕を追い詰める。

僕は無神経な父を憎んだ。そろそろこの話題も平気だろうなどと思ったのだとしたら許せなかった。僕にはまだわからないのだ。自分がいつ、コウキの話題に耐えられるようになるのか。耐えたり、やり過ごしたりできるようになってはだめだ、そうも思う。

コウキは親友だった。

どうにもならない気持ちが胸の裏っかわをかきむしる。黒板を爪で引っかいたみたいな居たたまれなさに、体の末端が痛む。

新しい学校――。

「新しい学校」僕はつぶやく。声がたわんでいた。コウキくん、元気に、やって、いるらしい。本を押さえている手が無意識に震える。そのせいで、はらりとページが巻き戻っていった。紙の動きはひどく緩慢《かんまん》に見えた。一枚一枚見せつけるように閉じていく。最後の一ページが、痺《しび》れたように力の入らなくなった指先から離れると、順調とはいえないまでも、地道に、誠実に逃げつづけていた主人公たちの旅は、ふりだしに戻ってしまった。

突然地鳴りのような音が聞こえた。雨が降りだしたのだ。かなりの大雨だった。このあいだ気づいてめくったカレンダーは六月を示している。先日梅雨《つゆ》入り宣言がなされたばかりだった。

もういちど小説を開こうとして、指が滑る。

ハイ、チーズ。

間の抜けたかけ声が耳によみがえった。ど素人《しろうと》どうし、揃《そろ》って柔道部に入部した僕とコウキ。やっと道着を違和感なく着られるようになり、坊主頭も板についてきたばかりのころ、経験者たちが出場した大会の終わりに集合写真を撮った。一年と少し前だ。

試合に出ない僕たちは、朝は早くから席取りに走り、試合が始まると雑用に右往左往した。僕は雑用の最後の役目だと思って、撮影係に回ろうと、三列に並ぶ部員たちの前に進み出た。けれど、「おまえも、写れよ」――先輩のひとりがそういって、僕を呼び戻した。僕はコウキと一緒に三列めの端っこで、肩身の狭いところではあったが、笑った。ハイ、チーズ、代わりに撮影係を買って出た保護者の合図に、僕たちは笑顔をつくったのだ。

僕にも写るようにいってくれた先輩は、とてもやさしいひとだった。いつも調子はどうかと尋ねてくれて、なかなか経験者の練習に交ざれない僕たちが、柔道部に飽きることのないように気遣ってくれていた。オオハタ先輩。中学生というより、小学七年生だった僕たちには、先輩はほんとうに頼もしくみえた。オオハタのオオは、おおらかのおおだった。

あのときの写真は、いまどこにあるだろう。現像して配られた憶えはある。熱心な保護者がしてくれたのだ。だけど、どこにしまったかまでは憶えていない。それでよかった。あんな柔道部で笑っていた過去を証拠づける写真なんて、もう。

僕はコウキの記憶を消したくて、寝ようと思った。まだ寝るには早いが、ほかに方法がなかった。嫌いだ、とつぶやいてみた。むかしのことを考えると、そのころの自分をなんとか消してしまいたくなる。

椅子から立ち上がり、小説を本棚にしまった。さっきしおりひもを挟む余裕もなく閉じてしまったから、ページがわからなくなったけれど、また最初から読めばいい。どこまで読んでいたかを探そうとしても、もう五周めだ、きっとどのページにも記憶がまんべんなく散らばり、残っているだろう。

ふとんを敷き、最後に水を一杯飲むため、もういちどリビングに下りた。両親はすでに食事を終えて、母はテレビ番組を見ていたし、風呂からは父のシャワーの音がしていた。僕は「おやすみ」と母にいった。母は顔だけこちらに向けて、「急に降ってきたねえ、あしたは晴れるといいけど」と返した。

「梅雨だよ」水をひと口飲んで、僕はそれにといった。「降っても晴れても、どっちでもいい」母はこれには答えなかった。ただ「おやすみ」とカメラを前にするときのようにほほえむ。夢のなかも雨になりそうなくらいに激しい雨音だった。

2

僕の毎日はオンコチシンだ。

朝目覚めると、まず、もういちど寝る。起き上がるのはもう少しあとでなくてはならない。十一時前後、そのあたりが都合がいい。一日がちょうどよい長さになる。

いよいよ起き出すころには、父はすでに仕事に出かけ、母は水曜以外の平日はパートで働いている。たったひとりが過ごすには広すぎる二階建てをもてあましながら、朝食をつくって、食べる。白米、目玉焼きと焼いたソーセージかベーコン、味噌汁、簡単なサラダ。いつも同じメニューだ。朝食とはいえ、昼ごはんも兼ねている。

食器を洗って片づけたら、二階に戻って押し入れをまさぐる。探検家になったつもりで、奥深くまで念入りに。――オンコチシンというのはこれのことだ。

家にずっといると、「新しいこと」が増えていかない。テレビは僕が息をしている世の中とは全然ちがうところの話ばかりしていて、つまらないしわからない。新聞は、家族では父しか読んでいない。あんな、古くさい、文字ばかりのものを読んでおもしろいのだろうか？　二、三種類の新聞を読み分けているし、ときどき、トイレにまでもち込んでいたりする。それもずいぶん長い時間。待たされるこちらの身としては、いいかげんやめてほしい。

「新聞ってなにがおもしろいの？」

以前父にそう尋ねたら、おまえにはわからないかもしれないがという前置きつきで、

「新聞ごとに書体がちがう」

といわれた。

「……どういうこと」

父は脚を組み、メガネのレンズをメガネ拭きでしつこくこすっては蛍光灯に透かして透明度を確かめていた。指紋をきれいにとり去ろうとしているのだろうが、なかなか終わらないところをみると、拭けば拭くほど新しく汚れていくのだろう。父は舌打ちをして立ち上がり、使っていたメガネ拭きを洗濯機に放り込んだ。新しいのを調達しないと、とぼやく。

「そもそも、新聞に使われている明朝は、ふつうのと少し縦横のバランスがちがっている――明朝体は、わかるな？　横が細くて、縦が太い。三角のウロコがあったりする。新聞はできるだけ

情報を詰め込んで、そのうえ読みやすくなければいけないから、ふつうの明朝に比べて、明らかにかなが大ぶりになっている。それから、平体といって、文字をぎゅっと潰して使うことを前提にデザインされてい――」

「それ、長くなる？」たまりかねて僕はいった。「メガネ拭き、早く換えてあげたほうがいいんじゃない」

そうだった、と父は二階に上がっていった。

押し入れの奥には、僕が小さいころよく遊んだおもちゃやゲームが残っている。それをわざわざ引っ張り出し、精神年齢を下げてから遊ぶ。オンコチシン。これが意外に楽しいのだ。

たとえば、保育園児だったころの戦隊もののロボ。説明書をすぐになくしてしまってどうしてもわからなかった合体のしかたが判明したりする。

それから、小学校低学年のころに流行《はや》ったドミノ。誕生日に両親にねだって、本格的なセットを買ってもらった。いま考えるといい値段したのではないかと思う。あのころはブームがあっさり去ると同時に飽きてしまった。ドミノはそうとうな根気が要《い》る作業で、家でひとりでやるとひどく孤独だった。学校の休み時間に持ち寄った消しゴムやなにかをみんなで一緒に並べていくから楽しいのであって、そうでなければ気が狂う。

しかし、いまの僕なら事情はちがう。僕は自分でも驚くほどの集中力を発揮して、ドミノをひとつひとつ慎重に並べていった。定規で測ったように均等な間隔を目の当たりにしたときには、自分に才能があることを疑わなかった。それでも何度か、意図せず体が当たって途中で倒してしまう事故にみまわれながら、ねばり強く完成させた。時間ならいくらでもあった。

壮大な作品になった。二階の僕の部屋を一周し、出て、階段を下って、廊下を走り、玄関でUターンののち、リビングのテレビ台に上った。この、上らせるのが、いちばん気に入っていた。ドミノセットに入っているドミノ用の階段や橋と、洗って乾かしてあった牛乳パック、それから定規なんかを使って、少しずつドミノを高いところに並べていった。ドミノの数が許せば二階の僕の部屋まで戻らせたかったのだけれど、それはかなわなかった。

とっくに日は沈んでいた。

息を止め、人差し指で柔らかくふれると、最初のドミノが倒れ、次のドミノが倒れ、また次のドミノが倒れ……間《ま》を置かないでそれはつづいた。まるでひとつの意志をもったようにドミノは流れていった。

オンコチシンが僕にもたらすものは主に、忘れ去られていた感情だ。むかしのおもちゃやゲームで遊ぶのに、じつはそれほど精神年齢を引き下げる必要はない。体の奥、みぞおちのあたりから数年ぶりに目を覚ました古い感情たちに挨拶《あいさつ》すること。僕はそれを楽しむ。かつてこういうものを好きだったんだと、四歳だったり七歳だったりする僕と再会し、握手を交わす。

その日僕は、いつものとおりにオンコチシンに精を出し、押し入れを物色していた。手前のものをいっぺんにどかし、とくべつ深いところまで探る。正直にいうと、押し入れの在庫もしだいに減ってきていたからだ。いますぐに底をつくというほどではないけれど、なにも手を打たなかったら、それほど遠くないうちに二周めに入らなければならなくなるだろう。

僕はできるだけ背中を丸め、懐中電灯でいたるところを照らした。押し入れのいちばん奥の隅に、憶えのないブリキの箱があった。高さはなく、雑誌を入れれば少し余白ができる程度の面積。銀色の本体に琵琶湖そっくりのかたちをした錆《さび》が大きく陣取る。首をかしげながら両手で持ち上げると、想定していたより軽かった。

あとずさりをして押し入れから出るとき、後頭部をぶつけた。おそるおそる、手のひらを痛むところにくっつけてみる。血は出ていなかった。

箱を開けてみて、思い出した。小学校低学年の思い出の写真を入れておいた箱だ。あとでアルバムにまとめようね、と母が一時的にしまっておいたまま、そんなアルバムはついぞつくられずそれきりになっていたのだ。

地べたにあぐらをかき、箱のなかに無秩序に散らばっている写真を一枚ずつ手に取る。

二十枚以上あった。

小学一、二年のころの僕が、真剣な顔で走っていたり、芝生にキャラクターもののレジャーシートを広げて友人たちとお弁当を食べていたりする。転んで膝を真っ赤にすりむき、それでもむりに笑顔をつくってピースまでしている写真もあった。鼻の頭がやや赤い。

写真は父の趣味だった。最近はほとんどカメラを触っているところを見なくなったけれど、むかし——僕が小さかったころは、仕事が休みの週末によく撮っていた。いま見ている写真には父が撮ったものと、学校専属のカメラマンが撮ったのを買ったものとがあるようだ。

一枚、変な写真を見つけた。校庭のジャングルジムの上で、幼い僕とひとりの友達が青空を背に肩を組んでいる。行事の写真じゃないから、父が撮ってくれたのだろう。目にもかかっている長い髪の毛が、その友達の陰った性格を想像させる。

こんなやついたっけ？　一瞬首をかしげた。

それで、「おまえ、おとこ？　おんな？」――そんな声を思い出した。

幼い僕自身の声だ。入学したてのころだろうか。頭のなかに当時のようすが模型みたいに浮かんだ。僕と彼は前後の席で話している。出席番号がつづいていたのだろう。

休み時間の教室。おのおのが、机と椅子の整列した新しい場所に浮かれていた。担任の先生は忘れものを取りに職員室に戻っていたから、正面に向かって左にある先生用の大きな机には誰も座っていなかった。黒板はとても大きく、そこに書かれるものをぜんぶ憶えていかなくてはならないのかと思うとげんなりした。何人かがチョークでいろとりどりの落書きをしはじめ、女の子が「勝手に書いたらだめでしょ！」と注意するのが聞こえた。

おまえ、おとこ？　おんな？

「おとこだよ」彼は声を口のなかに響かせて答えた。

「なんでそんなに髪長いの」僕はけたけた笑っている。

「おれ、髪長い？」

「すごく」口角を曲げてつづける僕。「おんなみたいだぜ」

彼は耳を真っ赤にした。そうかなあそうかなあと口をむぐむぐさせ、それが助走であったかのように、突然どなった。なんといったのか僕には聞き取れなかった。おそらくは「長くねえよ」

とか「ふざけんなよ」とか、そのあたりだったのだろう。口の端につばが溜まって泡になっていた。どなり終わってからも彼の口は開いたり閉じたりをくりかえした。それがどうしてもおもしろくて、僕はこらえきれなくなって笑いだした。

そうして、いやらしく笑いながら身を乗り出し、彼の髪の毛を触った。

椅子を飛ばす勢いで彼は立ち上がった。僕の腕を手の甲で弾いて、そのまま机を叩いた。すごい音。机の天板が割れてしまうんじゃないかというくらいの。木の板に蜘蛛《くも》の巣状のひびが走って、かけらのひとつひとつが四方に弾け飛びそうだった。僕は驚き、なんだよ急に、といった。

彼はなんと答えただろう。憶えているのは、僕の頬を平手が打ったことだけだ。

それを合図に、取っ組みあいのけんかが始まった。僕が彼の髪の毛をわしづかみにして引っ張る一方で、彼は次々に平手打ちをくり出して、それはどんどん強くなった。僕はすでに泣きそうだった。彼だってきっとそうにちがいなかった。それでもお互いに意地を貫こうとしていた。絶対に泣くまいとして目頭に力を込めると、髪を掴《つか》む手も固く力んだ。途中で椅子が倒れ、机が倒れ、板張りの床が鈍く鳴った。

クラスのみんなが異変に気づいて集まってくる。やめなよ、と口々に叫んでいる。まだ名前もろくに憶えていない段階で、それでも妙な結束を固めた級友たちに、僕と彼はそれぞれ取り押さえられた。

「あいつが悪いんだ！」僕は叫んだ。「おれじゃない！」彼も叫んだ。それがまたふたりの怒りに火をつけて、取り押さえるクラスメイトを振り払おうと躍起になった。こういうときにはびっくりするほど力が出る。僕を押さえていたひとりを突き飛ばして、尻もちをつかせた。「きゃあぁ」と女の子の悲鳴がした。おんなじ声が「せんせい、先生、先生呼ばないと」といった。数人の女の子がひとかたまりになって職員室を探しに行った。

先生が来るまでのあいだに、僕たちの熱は徐々に引いていった。相手への怒りに代わって、先生に怒られる、という恐怖が頭を占めつつあった。入学していきなりだ。小学校というのはなんてやりづらいところなんだろう、と思った。「はなせよ、もういいから」僕がいうと、ふたりは解放された。机や椅子をもとどおりにしながら裁判官の到着を待った。

先生がどうやって僕たちを叱ったか、記憶はあいまいだ。ただ、説教が終わったあと、うなだれて席に戻る僕たちに、オザワというやつが声をかけてきたのは憶えている。

「きみらえぇのう、えぇのう」

オザワはいきなり僕たちのあいだに割り込んで肩を組み、変な言葉遣いとイントネーションでしゃべってきた。僕はなんだよとか誰だよとか文句をいいながら、心も体も疲れきっていて、肩に載ったオザワの腕をどける気にならなかった。

「もうライバルみたいじゃ。きみら最高のともだちじゃ」

オザワはひとりで豪快に笑った。ばかみたいだった。あんのじょう先生に「早く席に着きなさい！」と鋭く注意されてしまう。

自分がオザワに腹を立てなかったのはなんだか不思議だった。オザワのいうことはめちゃくちゃだ。ひとのことを勝手に決めつけている。それに、馴《な》れ馴れしい。けれど、どうしても憎めない感じがあった。

オザワは坊主頭にぺちゃんこの鼻をひっつけていた。自分のことを「わし」と呼び、「わしは横浜はようわからんけど、ええとこじゃ思う」と自己紹介でいった彼はまたたく間にクラスのムードメイカーになった。学級委員のようにハキハキとクラスを仕切るわけではないが、笑いの力でつねにクラスのまんなかにいた。

よく見ると、写真にはオザワがたくさん登場した。だいたい集団のまんなかでのどちんこが見えるような笑顔を広げていたり、逆に写真のフレームから見切れていたりした。

正直にいえば、学校専属のカメラマンが撮った写真より、父の撮った写真のほうがなんとなく好きだった。現実をそっくりそのまま切り取るという以上に、まるで映画のように、動いているふうに見えるからだ。

写真をすべてブリキの箱に戻そうとすると、きらめきが見えた。箱の底にまだなにかある。つまんで取り出した。それは、金色の折り紙でつくられた手裏剣だった。

ああ——僕は思い出す。二年生への進級を控えた春休み、髪の長い彼がくれたものだ。

休みが明けるのを待たず、彼は転校することになっていた。

自転車にまたがり、僕たちはだだっ広い公園の円周を少しも飽きずに走りつづけていた。僕が先頭で、すぐ後ろを彼が同じ距離を保ってついてきた。

一年生の初め、彼は自転車に乗れなかった。五つ上の兄がいて、そのおさがりの自転車があるのに全然だめだった。僕がそれをばかにし、またけんかになりかけたこともある。でもそのときは、僕が「一緒に練習してやる」と提案した。彼は殴りかかろうとしていた拳《こぶし》を引っ込め、「ほんと?」といった。僕がうなずくとすっかり安心した顔になって笑った。彼がそんなに素直な笑顔を見せるのは珍しいことだった。

無我夢中で自転車を漕《こ》いでいると、時間の進みかたがほかとはちがうような気がしてくる。世の中とは相容《あいい》れない、自転車のスピードにしかわからないものがあるみたいだった。顔に激しくぶつかる風、横をものすごい速さで過ぎていく景色、そういったものがそれを証明していた。そして、これと同じものを後ろの彼も感じているはずだった。きっと、長い髪をばかみたいになびかせているだろう。

あと何周するかも決めないで、僕たちはペダルを漕ぎつづける。

「どのくらい遠いの」風の音が耳元でうるさくて、叫ぶようにして訊いた。「次の学校、どのくらい遠いの」

後ろから叫び返す声がした。「そんなに遠くない。たぶんだけど」彼がここまで声を張るというのもまた珍しく、いいものを聞けた気がした。

僕は「ふうん」とそっけなくうなずいたあと、「じゃあ、二度とこっちに来られないってわけでもないんだ」とつづける。

彼は「そうだね」と答え、しばらく黙った。

僕たちは自転車を漕ぎつづける。真横を過ぎ去っていく景色と風を感じている。

「来いよ」僕は叫んだ。

なにか答える代わりに彼はベルを二回鳴らした。なんだそれ、と僕は笑った。知らない、と彼はばかにしていった。けんかにはならなかった。

公園をぐるぐるしつづけているうちに太陽の位置はすっかり変わって、空は暗くなっていた。「止まるよ」と叫んでから、僕はブレーキを握る。彼の自転車は僕の横について止まった。ふたりともじんわり汗をかいていたし、息が上がっていた。髪の毛は汗で光っていた。風のおかげで涼しかったけど、疲れている。

「門限、過ぎそう」彼がいった。

僕はうなずいて、「じゃあ帰るか」とふたたび自転車を漕ぎだした。こんどはゆっくりだ。彼もつづく。

公園を出てふたつめの交差点まで、ふたりして無言だった。頭のなかではなにかのCMソングが延々と流れていた。場ちがいだった。この春休みが終わったら、僕たちは二年生になり、別々の学校に通いはじめる。そんなの、痛くもかゆくもない。痛くもかゆくもないけれど、少しだけ、怖い。

じゃ、といって、僕は右に曲がる。彼がゆく道は左だ。CMソングは相変わらず鳴り響いていて、だから、それに合わせて鼻歌をうたった。お別れはあっさりと。振り返らないのがかっこいい。鼻歌は何度も同じフレーズをくりかえした。太陽が沈みかけ、空がオレンジともピンクともつかないおかしな色になっていた。

「待って」

彼が自転車を飛ばして追いついてきた。

僕は鼻歌をやめた。「あれ、おまえ、こっちだったっけ」

「止まってよ」

「なんで」

「いいから、止まって」

「だからなんで」

僕が意地を張っていると見て、彼は進行方向に回り込んできた。危ねえよと、しかたなしに僕は止まる。「なんなんだよ」

これ、と差し出してきたのが、金色の折り紙の手裏剣だった。

「これって、あれじゃん」僕は驚いていった。前の週の授業で折り紙をやったときに、彼は金色の折り紙をどうしても譲ってくれなかったのだ。理由を訊いても、だめなものはだめとしかいわなかった。

「あげる」彼はぐいっと手裏剣を突き出してきた。

どうして、くれる気になったんだろう。そんな疑問が浮かんだけれど訊かないでおくことにした。その代わりにおとなしく手裏剣を受け取り、ありがとうといった。彼にちゃんとお礼をいうのは、もしかしたら初めてかもしれなかった。

じゃあまたね。彼はそういって道を明け渡した。僕は太陽の残り火を折り紙に映して眺めてから、彼のほうを向いて「またな！」といった。またという言葉がだいじなんだと思った。

懐かしい手裏剣だった。僕はあれから六年ほど経《た》ってなお、こんどは蛍光灯の光を反射させている。運動は苦手だったがこういうのは上手なやつだった。角がきちっと折ってあって、しわひとつない。

彼は結局、転校したらいちども遊びに来なかった。僕も行かなかった。引っ越してどのへんに住むのか詳しく訊きそびれたし、二年生になって、新しいクラスになじむのに忙しかった。オザワとまた同じクラスになったおかげで、友達づくりには困らなかったけれど。

手裏剣と、僕と彼がジャングルジムの上で肩を組んでいる写真を並べ、簞笥《たんす》の上に飾った。父が撮ってくれた思い出だ。ジャングルジムの写真は、写真立てにもともと入っていた写真の上に重ねた。手裏剣は写真立ての横にもたれかけるように置いた。

ブリキの箱に残りの写真を入れ、箱を片づけた。きょうのオンコチシンは終わりにする。まだ外は明るく、一日は残っているけど、あとは本を読んで時間を潰《つぶ》そう。

お気に入りの、逃げつづける少年たちの小説。どこまで読んだかわからなくなってから、もういちど読みなおしている。

3

中学に行くのをやめてひと月が経ったころ、僕はタキノを捨てた。毎日のようにタキノに連絡が来ていた。そのほとんどが柔道部のひとたちからだった。

柔道部が一か月の活動停止になったのを、あのひとたちは僕たち——僕とコウキのせいにしたがっていた。そんな理不尽な話があるか、と思ったし、いまでも思っている。けれど、あのころは、めちゃくちゃだった。いまよりもっと。

「あなたたちが素人のくせに入部してこなかったら、そもそもこんなことにはなっていなかったと思います」

ていねいだがひとを食ったような文章が、一日二、三通は送られてきた。それぞれ別の相手だったが、画面の向こう側に毎回同じメンバーがいやらしく笑っているのが目に浮かんだ。

タキノが光り、「あなたはなにか行動しないんですか。高いところは嫌いですか」という。

「これで次の試合勝てなかったら、どう責任をとるおつもりですか」ともいう。

「ほんと、一回ちゃんと謝ってもらえますかね。腹の虫が治まらんのですわ」

「貴重な練習時間をたくさんむだにされたうえに、こんなことになってしまうと、そちらにも誠意を見せてもらわないとって思うんですよ」

「お互いのためにも、話しあいの場を設けましょう。こんどの日曜の夜十時に、武道場に来てください。土手のほうから行けば、セキュリティに引っかからないで入れます。ああ、裸で来るのを忘れないように」

「返事がないところを見ると、反省のあまりなにもできなくなっているか、それとも、やはりもうお亡くなりですか。お飛び降りになりましたか」

そういったメッセージを送ってくるひとたちを、僕はひとりひとり受信拒否していった。それなのに、また別のひと、また別のひと、と一向に終わる気配がない。いったい何台のタキノが控えているんだろう、と怖くなった。

返事こそしなかったが、僕は彼らの文章をしっかり読んだ。どう考えても悪手だったけれど、そこにあるのに見ないでいることはできなかった。それでだんだんほんとうに自分がとても悪いことをしたのかもしれないと錯覚した。

「納得がいかないんです」あるメッセージはいった。「どうして、入部なんかしたんですか。われわれの青春を台なしにするためなんですか。教えてください」——返事をしたい、誤解を解きたい、そういう衝動に駆られたが、体のどこかがすんでのところでそれを食い止めた。僕は部屋の隅に畳んで重ねてあるふとんめがけてタキノを投げつけ、「あっ、おっ」と短く声を出して気を落ち着けた。

ほかにも定期的にメールを送ってよこすひとがいた。クラスの担任だったニッタ先生だ。母が勝手に僕のタキノのアドレスを教えてしまったのだ。僕が中学に行くのをやめたのは一年生の二月のことで、ニッタ先生は担任だった。

　彼女のことを僕は少しも信用していなかったし、あまりに頼りない新米教師だと思っていた。見た目だけはよく、男女ともに人気があった。丸くて大きな目と小さな鼻がいかにも小動物的でかわいらしく、ショートにした髪がよく似合った。彼女の天然ボケした言動も、小動物的な雰囲気に拍車をかけていた。

　教える科目は英語だったが、よくつづりをまちがえた。勉強のできる生徒に指摘され、決まり悪そうに「あっごめんなさい」といった。

　彼女は三日にいちど、最近こんなことがあって大変でした、あるいは楽しかったです、あるいは気をつけなくちゃいけませんね、わたしもがんばります、それから、学校に来られるようになったら教えてくださいね、と送ってきた。

「学校には行きません」

　僕はそれだけを返信した。すると「どうして？」と尋ねてきた。そんなことをしてしまうのがこの先生のもっとも未熟なところだった。だから僕はそれには返事をせず、タキノをまたふとんに投げた。

　ニッタ先生は懲《こ》りなかった。相変わらず三日にいちど、メールを送りつけた。必ず最後には学校に来てねというような言葉が添えられていた。家庭訪問に来ることもあったが、僕は決して部屋から出なかった。

最初は、僕が退屈するだろうからとメールをくれているのだと思った。ニッタ先生の文面はちっともおもしろくなかったが、家のなか以外の景色が見えるので、悪くはなかった。ちょっとは信用してあげてもいいかもしれないとすら考えた。ただし、末尾の言葉がなければだ。

学校には、まだ来られなそう？

学校に来たら、もっと楽しいんじゃないかな。

みんなも待っているよ。

学校に来ないと、ダイスケくんのためにならないと思うの。

ダイスケくんが学校に来るの、楽しみにしています。

――もうだめだった。ニッタ先生からタキノにメールが届くたびに吐き気をもよおすようになった。胃がむかむかして、腹に溜まっていた空気のかたまりが勢いよくのどまでせり上がってくる。それで、僕は母のところに行って、「タキノは、もう要らないと思う」といったのだ。

そのころにはタキノは投げられすぎてぼろぼろになっていた。画面にはひびが何本も入っていたし、ボディ部分のめっきはまだらに剝《は》げ落ちていた。コントロールをしくじって壁に当てたりするからだ。そのせいでタキノと同じように壁にもへこみや傷がいくつかあった。

母はソファにもたれて、録画したバラエティ番組を観ていた。僕の申し出にこちらを向き、一瞬だけ怪訝《けげん》な顔をした。しかし、すぐに顔の向きをもとに戻して「ああ、そうね」とうなずくと、「それじゃあ、あしたにでも解約に行こうかねえ」とコーヒーに口をつける。

「解約、おれも行かなきゃいけない？」ソファの後ろに立っていた僕は心配になって訊いた。母は少し考えて、「ううん、大丈夫」と答えた。

タキノを母に預ける前にどうしてももういちどだけ見ておきたいものがあって、僕はメールの画面を開く。

コウキから最後に届いたメールだ。

一年生の二月の初め、真夜中、一時十六分。

無題。

本文はたったの四文字、
ごめん。

タキノを解約したら、このメールも消えてなくなるだろう。僕はそのことについて、どう感じるのが正解なのかわからなかった。僕はメールをしばらく見つめていた。ごめん。その四文字。

あの日、これを目にして慌てて家を飛び出した。寝巻のままだ。ほんとうはまず電話をかけようと思った。だけど指が震えてだめだった。頭のなかをサイレンがうるさく反響しつづけた。コウキ、コウキ、コウキ、と反響しつづけていた。ごめん、って、コウキ、コウキ、コウキ、と僕は考えた。一時過ぎなんていう真夜中に家を出たのは初めてだった。むろん、その時間に自転車を漕ぐのも。サドルから尻を浮かせ、前のめりになって漕いだ。コウキのマンションに行くには急な坂道を上らなければならなかった。自転車で上りはじめたが、あまりののろさに途中で乗り捨て、自分の足で走った。呼吸が荒くなるのに合わせてコウキ、コウキ、コウキ、と思った。二月の真夜中、凍えるほど寒いはずが、逸《はや》る気持ちに反比例して重くなる体は上気している。熱《ほて》っている。肩で息をして、吹きつける冷風を呑《の》み込む。

マンションに着くころには、メールを受け取ってから三十分以上が経過していた。マンションの上半分では灯《あか》りはまばらなのに、下半分では多くの部屋の灯りがついていた。僕はそれを遠目に見た。マンションから少し離れたところで立ち止まり、息を整える。救急車が来ていた。数人のやじ馬が救急車を囲むようにして集まっている。僕はゆっくりとそこに近づいていく。怖かった。現状をいち早く知りたい、というより、知るのが怖い、というのが上回っていた。だっても う間に合わないのはわかってしまった。

赤いランプが回転をつづけている。僕はタキノを握りしめる。

動かなくなった、コウキと思わしい少年が担架に乗せられていくところだった。やじ馬の肩越しに僕はそれを見つめた。僕ひとりぶんの空間くらいいくらでもあったが、肩越しでないと見ていられなかった。コウキはぴくりともしていないようだ。コウキの母親らしき人影が担架の横を離れずついていっていた。離婚を経てコウキをひとりで育ててきた彼女は、想像を超えて取り乱していているにちがいない。僕の、コウキ、と思う力が、ひどく弱々しいものに感じられた。

死の姿があいまいながらどこか近くに見えるような気がした。それは僕の背中をぞっとさせ、首すじをなでていく。コウキは死ぬんですか。僕は誰かに訊きたかった。誰か、確かなことを教えてくれる誰か。

コウキが死んだら、やっぱり、僕のせいですか。

救急隊員がやじ馬に道を空けるよういった。僕はあとずさりをして、そのまま振り返り、駆け出した。坂を下る。あまりの勢いに膝が悲鳴を上げた。無視して走った。すぐに救急車に抜かれる。サイレンの音が低くなる。坂もほとんど終わるというところに、乗り捨てた自転車が転がっていた。抱き起こし、またがって漕いだ。僕は全身に風を受ける。気持ちいいと思った。ばかじゃないか、と自分で思う。コウキが死ぬんだぞ。

僕は泣けなかった。なぜかということはよくわかっていた。だけど僕はコウキが好きだった。だから泣きたいと思った。でもだめだった。

家に帰り着いても、なかなか玄関に入れなかった。庭に自転車を止め、そのまま地面に腰を下ろす。両親にはなにもいわずに出てきてしまった。空を見上げる。横浜の空に星はない。きょうは月さえ見えない。「どうするんだよ」僕はひとりごちた。なにもいいアイデアは浮かばない。朝までずっとこうしていたい。

コウキの家はマンションの四階だった。きっとそこから飛び降りた。どのくらいの確率で助かるのか。死にたくてそこから落ちたら、ひとは生きられないのか。僕はタキノを取り出した。画面は家を出たときから変わらない。「ごめん。」と黒い文字が光のなかで無表情だった。ごめん。僕はいった。

いま、最後にその画面を見て、ほんとうに解約して後悔しないかどうかを確かめていた。

僕は首を振る。わかるわけがなかったのだ。結局、ちょうどニッタ先生からメールが届き、それが決め手になった。

ダイスケくん、お元気ですか。きょうは日本語の文から英文をつくる小テストをしました。多くの人が及第点をとりました。たとえば、「ミサはきのう、公園で本を読んでいました」という文。過去進行形っていうの。Misa was reading a book in the park yesterday. みんなどんどん英語が上達していく。すごいよね。わたし、ダイスケくんにまた英語を教えてあげられる日が早――

最後まで読まないうちにタキノの電源を切った。それで、よろしくといって母に渡した。「ほんとにいいの」と母が訊いた。僕はうなずいた。

タキノのなくなった生活は穏やかだった。悪意にみちた連絡が来ることも、善意にみちた催促が来ることもなくなった。ただしひどく退屈だった。外の世の中と唯一繫《つな》がっていたものがぱたりと止《や》んでしまったせいだ。でも、あのようなねじれて濁った世の中なら、これでかまわない。

やがて僕は、退屈しのぎにオンコチシンを始めた。世の中と繫がる代わりに、むかしの自分と手を繫いだのだ。いいアイデアだと思った。

世の中は温故知新で進んできた。なんだってそうやって生まれた。ゼロから物事は現れないし勝手にゼロに戻ったりもしない。あらゆることにはもとがあって、恐竜の時代から綿々《めんめん》とつづいている。

だから、僕もそうやって生きていけるにちがいないと考えていた。

しかし古い僕は尽きた。オンコチシンの二周めの途中で、僕は飽き飽きしてしまったのだ。どうしようもない。僕はすでにむかしを食べ尽くした。七月半ば、梅雨の明けるころだった。

それからの毎日は絶望の色をしていた。やることがない。朝起きる時間をもっと遅くして、寝る時間をもっと早くした。一日の大部分はふとんのなかで過ごした。タキノを手放してしまったことをやや後悔した。タキノさえあれば、インターネットでなにかおもしろいものが見つかったかもしれない。だけどもう遅かったし、いまさらタキノを新しく買ってくれなんて、いえるわけがない。

読む本がなくなり、三冊調達してもらった。だけどどれも児童書だった。母は僕をまだ小学生かそこらだと思っているらしい。そういう本を読みたいのではないのだ。そう訴えると「だってくじらの本が好きじゃない、ダイスケ」といわれた。夜ごはんの席でのことだ。

「あれはくじらの話じゃないって」と訂正しても、あまり腑に落ちないらしかった。僕はいらいらして舌打ちをした。父は仕事の都合でまだ帰ってきていない。もしこの場に父がいたら、めんどうなことになっていただろう。

「でも、小学生が主人公でしょう?」

「中学生もいる」

「うーん」母は首をかしげて唸《うな》った。

「それに、挿絵《さしえ》もない」

母の買ってきた本にはところどころ挿絵がついていた。僕はそれがどうしても気に入らない。字も大きい。ばかにされている気がして、初めの数ページだけ読んで放り出すことになる。

「ぱっと見は嫌でも、辛抱して読んでみたら?」母はしぶといった。「しばらくは本屋に行けないから」

そんなことがあって、ここ数日は児童書を読んでいた。三冊のうち二冊はやはりだめだった。

幼稚でうんざりする。けれど、残りの一冊は意外におもしろかったから、僕は母に対して決まり悪くなった。

帽子をめぐるふたりの少女の話だ。挿絵は写実的で、思ったより子どもだましという感じはないのだった。ひとりの少女が古いマンションに引っ越してきて、不思議な少女に出会う。越してきた少女は初めマンションの古さに不満ばかりいっていたが、その子と一緒に探検するうちに、しだいにそのひみつ基地のようなマンションが好きになっていく。

しかし、そんな楽しい読書も、永遠にはつづかない。

読み終えるとふたたび、することのない生活が始まった。押し入れを開け、ちょっと漁《あさ》って、ため息をもらすことをくりかえすほかなかった。

父の仕事も母のパートも休みの日、僕がやっぱりため息ばかりついていたら、それが父の気に障《さわ》った。昼、エアコンを強くしていなくて、リビングは暑かった。父は新聞を広げて読み込んでいた。僕はなにか冷たいものを求めて自室から下りてきていた。父の背後にある冷蔵庫を探ると、バニラのアイスクリームがあるにはあったが、希望とはちがっていた。それで僕は、これしかないのか、と大きめのため息をこぼした。

「気に入らないなら、食べなかったらいい」

僕に背を向けたまま父が低い声でいった。

え、と僕は聞き返した。

父は新聞をめくる。

「学校に行かない、外にも出ない、勉強もしない、なにかつくったりもしない、そんな人間が親の金で買ってもらったものに文句をつけるのは、すじが通らない」

「べつに文句じゃないけど」僕は父の背中に正直怯《おび》えていた。

「文句かどうかは、聞いた者が判断する」父はあくまで冷静に答える。「誰も、自分の意図がそっくり伝わると思っていると失敗を招くんだ」

「とにかく、文句じゃないから」このめんどうな会話をいち早く打ち切って、バニラアイスを二階に持っていこうとした。

「食べるなといっている」父はいきなり振り向いて、僕の腕を掴んだ。強い握力で、まるで僕のことを憎んでいるみたいだった。「ダイスケ。向上心をもて。コウキくんはすでに立ちなおって――」

「ねえ、それは」黙って耳をそばだてていたらしい母が口を挟んで、

「なんでコウキがここで出てくるんだよ」

と僕がいった。それと同時に腕を勢いよく振って父の手をほどく。腹が立っていた。耳が熱くなり、意に反して涙が出そうだった。唇を噛んで耐えた。ああ要らねえよ、こんなもの、とバニラアイスを冷凍庫に乱暴に戻し、最後にどなった。

「おれも飛び降りたら、立ちなおって学校行けるようになるかもな」

悲鳴に近い声で母がなにか叫んだ。

部屋に戻ると僕は姿見の前で泣いた。電気は消したままだが、外の明るさが部屋を照らしていた。姿見は勉強机の左、壁と向きあうようにして立ててある。そこに映るのは僕の憶えている僕ではなかった。髪は伸びほうだいで脂ぎり、筋肉の大部分は脂肪にとって代わられ、不潔なひげも雑草みたいに生えて、顔じゅうにきびだらけ。頬のにきびに沿って涙が蛇行している。

壁に寄りかかり、姿見の僕をじっと見つめつづける。目をこすったりしない。泣くままにしておきたかった。鼻水をすすり上げ、やがて嗚咽《おえつ》がこぼれても、僕はずっとそうしていた。延々と涙は出つづける。泣くまいとしなければ、こんなふうにほろほろ泣いていられるのだ。なんだか笑えてきて、涙を流しっぱなしにしながら乾いた笑い声を立てた。は。は。は。

「死ね」と僕はつぶやいた。タキノを捨て、完全に世の中との関わりを絶った僕のことは、もう誰からも見えないのだ。コウキはいいよなあ、ちょっと勇気を出して飛び降りて、大怪我《おおけが》したけれど命は助かって、もうけろりとしている。——この思いつきは悲しかった。自分でよくわかっていた。

誰かが階段を上ってくる足音がする。

開け放していた部屋の扉を閉め、それに寄りかかって座った。

「ねえ、ダイスケ」と母が僕をくりかえし呼んだが、絶対に開けない。僕は誰からも見えない。

4

扉に背中を預けたまま、日が沈み、部屋が暗くなっていくのを見るともなく見ていた。僕がなにも考えなくても、瞳孔の大きさは勝手に変わる。いまや部屋は暗闇に包まれた。

——あの日。

人生で初めて五厘刈りにした、お互いの青々とした頭を、僕たちはからかいあっていた。職員室で武道場の鍵を受け取り、走っていくところだった。「頭、似合ってんな」僕はいう。笑いながら。全然似合っていないからだ。すると、コウキが「おまえはいまいちだな」といい返してくる。嘘《うそ》つけ、と僕は軽くいなす。クラスメイトにハゲとからかわれたときには、確かにそのとおりだと思ってなにも返せなかったけれど。

その日は四月の下旬、週が明けた月曜日だった。

前の週の練習で、部長のキタザワ先輩が一年生を集めてきょうまでに五厘にしてくるようにいった。一年生は必ずそうしなければならないという。二年生以上は三ミリでいい。「髪の長いやつは弱いぞ」キタザワ先輩の声は野太かった。身長は一七〇後半くらいありそうで、体つきもがっしりしている。あと二年経ってもこんな三年生にはなれる気がしない。

武道場の鍵を開けたら、ぜんぶで八人の一年生はいち早く着替え、畳の上の掃除を始める。三年生六人全員が部室から出てくる前に、武道場に隙間なく敷き詰めてある畳を掃除してしまうのだ。部室は狭いから、三年生しか使えない。

掃除は八人がかりでいつもぎりぎりだった。もし一年生の入部数がもっと少なかったらと思うと恐ろしくなる。怒ったキタザワ先輩はほんとうに怖いのだ。

それなのに、ナガサキとワタナベがまだ来ていない。一年生のなかでいちばん強いふたりだ。ナガサキが一番手、ワタナベが二番手。

僕は彼らが苦手だった。一年生の役割のひとつ、練習の前に武道場の鍵を職員室で受け取り、練習後には返しに行く鍵当番を、僕とコウキのペアだけ勝手に週三回にしたからだ。ほかのペアは週一回なのに。

ようやくナガサキたちが姿を現したのは、掃除が終わりかけたころだった。キタザワ先輩たち三年生と一緒だった。信じられなかった。どうして、キタザワ先輩は彼らを怒らないのか。いつのまに、彼らは掃除をしないでいいというふうになっているのか。納得いかなくて、コウキのほうを見た。

コウキは二年生のクドウ先輩がかまえたちりとりに箒《ほうき》で埃《ほこり》を押し込んでいた。僕の視線には気づかずに、一生懸命やっている。武道場の正面の壁と畳の境目の、幅の狭いフローリング部分にちりとりは置かれていた。

近づこうとして、おかしなことに思いいたる。二年生のクドウ先輩がかまえたちりとり。ナガサキたちが遅れてこなければ、クドウ先輩が掃除に参加する必要なんてどこにもない。

クドウ先輩はちりとりの柄を握り、苦々しい笑みを浮かべている。コウキのひと押しでぜんぶの埃がきれいに入るわけではないから、何度もちりとりの位置と角度を変えてくりかえす。膝を折り、背中を丸め、そんなしみったれた作業を二年生がする理由はないのに。

その日の帰り、僕はコウキと並んで歩いていた。練習後、武道場の戸締りをし、職員室に鍵を返して、やっと校門を出たのは午後六時二十分ちょうどのことだった。これに間に合わないと、校門に立つ生活指導の先生たちにチェックされ、反則点をつけられてしまう。

反則点が部活全体で五点溜まると、連帯責任で一週間、早朝から校舎の掃除をする決まりになっている。だからよけいに鍵当番の回数は少ないほうがいい。校門にほかの一年生が待ってくれているはずもなくて、僕たちはふたり、帰り道を歩く。

「柔道部入ったの、まずかったのかな」

ぼんやり、いってみる。隣を歩くコウキの反応が怖くて、口に出したことを後悔した。

学校を出てちょっと行った先の歩道橋を渡っている。この時間、車の往来は多い。遠くにかすかに残っている夕焼けが歩道橋の上からなら見えた。油断するといますぐにでも夜の黒に押し出されてしまいそうな、細い赤色だ。

「なんで？」

コウキはそう訊いてきた。

いや、いいひとばかりじゃ、ないみたいだから——。

いいかけて、やっぱりちがう理由に変えておく。

「だってさ、めちゃくちゃ厳しそうじゃん。思ってたのとちがうっていうかさ。クドウ先輩はやさしいけど……キタザワ先輩とか。あと二年生のヒグチ先輩だっけ、あのひともすごく怖そうだし。それに、コーチだよ、あのひと練習中めっちゃどなる」

「確かに」コウキがものまねをして僕を笑わせた。

柔道部のコーチを担いながら名門の町道場でも指導者を務めているそのひとは、火曜と木曜は道場と時間が重なるので来ない。ほかの曜日は土曜も含め必ず来る。

年齢は五十代半ばに見える。浅黒い肌に広い肩幅、丸太のような四肢、しわなのか傷なのか判然としない線が複雑に刻まれた顔。

元々この学校に柔道を教えられる教師がいないときに、たまたま当時の校長が武道を重んじるひとだったので雇われたのが始まりらしい。何年も前からここのコーチを兼任しているそうで、ときどき「前の前の顧問は……」などと話しだすこともある。むかしは竹刀《しない》を振り回しながら指導に当たっていたが、さすがに時代が変わって数年前にやめたそうだ。

歩道橋の階段を下ると、すぐそこのY字路で僕たちは別々の道になる。コウキは左手の坂道を上がっていき、僕は右手の平地をさらに進んでいく。

一緒に並んで帰るといっても、そんなものだ。クラスもちがう僕たちはまだそれほど打ち解けていなかったし、名前も、お互い「おまえ」か名字で呼びあっていた。ナガサキが僕たちをペアにしたのは柔道部にふたりしかいない初心者だからで、悔しいが、僕たち自身もこのときは、まったく同じ理由でただ並んでいるだけだった。

Y字路の分岐点でコウキはいった。

「おれは、辞めないよ。どれだけ厳しくても」

坊主は嫌だけどね、と笑って、しゃりしゃり自分の頭をなでる。それで、「おまえも辞めるなよー」と、片手を少し挙げてさっさと坂道を上りはじめてしまった。こちらに背を向け、軽やかな足どりで進んでいく。

ぽかんとしたまま、僕は「おーう、またあしたなー」とその背中に声を投げる。おれは、辞めないよ。どれだけ厳しくても。ポケットに手を突っ込んで、横断歩道の信号が青に変わるのを待つ。そのあいだ僕は考えていた。ほんとうの理由をいっていたら——いいひとばかりじゃないみたいだから、と正直に答えていたら、それでもコウキは、どんなにつらくても辞めない、といったのだろうか。


僕たちは入部以来ずっと、二年生のクドウ先輩に基礎を叩《たた》き込まれていた。正面に向かって右の壁ぎわで、経験者の練習のじゃまにならないようにこぢんまりと三人で固まって、初心者向けの練習をする。

クドウ先輩の指導は気をつけの作法から始まった。気をつけ、立礼、正座、座礼、起立、そのどれもに決まった姿勢と手順があった。気をつけなら、かかとをつけてつま先を離す。礼をするときは腰から体を折って、両手の指先が膝の上端に触れるように。正座をするには、立った状態でまず左足から引いて座る。右足ではいけない。反対に正座から立ち上がるときは右足から。左足ではいけない。

なかなか細かく取り決められている。ひとつでもまちがえると怒られてしまいそうで、僕は必死になって憶えようと努めた。

けれど、先輩は僕の表情を読んだのか、はにかんで「おれなんかにビビらなくていいよ、ふたりとも」といった。「確かにキタザワさんとかは怖いと思うけど、おれは負け犬だから」

聞き返していいものかどうかわからず、僕とコウキはあいまいな表情で黙る。クドウ先輩は気まずさを振り払うように明るい声で「勝つの諦《あきら》めてるから」とつけ加えた。「ははっ。それじゃあ、負け犬のなかの負け犬、かもな」

それからクドウ先輩は正座している僕たちの後ろに回り込み、「足の親指は重ねるんだ」といった。「右の親指が上、左が下な」

手を置く位置はものものつけ根。座礼は、手の親指と人差し指で三角形をつくり、ただし人差し指どうし、親指どうしがくっつくようにはしないで、手のひらを畳につけて頭を下げる。このとき、おでこと畳のあいだは三十センチくらい。

あるときクドウ先輩は、ふたりはどうして柔道始めようと思ったの、と尋ねた。「この学校がちょっと特殊だけど、ふつう、柔道部なんて人気ないし、もっと部員少ないよ。とくに公立は」

コウキがすぐに答える。

「僕、運動神経ないんですけど、柔道かっこいいなって思ってたんで」

クドウ先輩は笑って聞いている。

僕も慌ててつづいた。

「僕は、強くなりたくて」

口に出すと、頬がむずがゆくて、背中がそわそわした。自分がいつから強くなりたいなんて思うようになったのか全然憶えていなかった。強さとはなんなのかだって知らない。

ふたりともいいね、とクドウ先輩はうなずいた。満足げで、どことなくさびしげにも見えた。

一瞬、まぶたを閉じて、開ける。

「うち、ちょっと厳しいけど、がんばってな」

先輩は笑顔だった。頬が上がりきっていなくて、目だけ涼しげに細くなって、なんだか泣いているみたいだった。おれみたいになるなよといっているようでもあった。僕たちはそれに気づかないふりをして、元気よく返事をした。

二年生は九人いる。学年長としてとり仕切るのは、重量級のヒグチ先輩だ。一六〇ちょっとの身長で、九十キロ超え。失礼ないいかたになるが、鏡もちみたいだ。歩くたびに重い足音が聞こえてくる。そんな巨体に、二年生になってもつづけている五厘刈りの頭が載っかっているさまはいかにも柔道部らしかった。それでいて、とくに寝技になると機敏な動きを見せる。手足は短いのに、自在に相手をひっくり返し、抑え込んだり絞めたりする。

そのヒグチ先輩とコンビのようになっているのが同じ二年生のオオハタ先輩だった。オオハタ先輩の体格に特徴はない。身長も体重も平均的だ。太っているわけでも、痩せているわけでもない。でも、多彩な技があった。素人の僕にもわかるほど、オオハタ先輩はたくさんの技を使いこなし、どんなタイプの相手にも対応していた。のちのち経験者と同じ練習に参加できるようになったらたくさん教えてもらおう、とひそかに画策している。

このふたりの先輩は、二年生なのにもかかわらず団体戦のレギュラーメンバーに入っていた。団体戦は五人でチームをつくって戦う。二年生を除いた残りの三人は、全員三年生だ。それでも三年生はぜんぶで六人だから、半分がレギュラーを逃していることになる。

いま柔道部の部員が多いのは、三年生までの代で急激に好成績を残すようになったからだ。レギュラーでない三年生が決して弱いわけじゃない。全員黒帯で、体格もいい。

やっぱり悔しいんだろうか、レギュラーを後輩にとられるのは。最後の年の団体戦に出られないというのは、三年間をまるごと否定されたような、恨めしい気分になるものなんだろうか。

「おう、初心者コンビ」

と、オオハタ先輩が掃除中に話しかけてきた。

この日の掃除にもナガサキとワタナベは参加していなかった。だけど、キタザワ先輩のお墨つきらしいことと、ふたりが確かに強いことが、誰にも文句をいわせなかった。

「こういうとこも」といって、オオハタ先輩は畳と畳の境目を指差す。「ちょ、貸してみ」僕の箒を奪い、横に細かく素早く動かして、境目に詰まった埃をていねいにかき出した。「こうやって掃くんだよ」

箒を返されて同じようにやってみると、おれと一緒の場所やってどうすんだよ、と頭をはたかれた。僕は笑って謝る。コウキも声を出して笑っている。

オオハタ先輩は僕たちを初心者コンビと呼んで、よく声をかけてくれた。正直、クドウ先輩だけでは頼りない僕たちにはありがたかった。基礎練習に飽き飽きした表情になっていたときには「めんどいだろうけど、それができてなかったら外で恥ずかしいから、しっかりな」といってくれたし、またべつのときには「おまえら、強くなりそうな顔してるわ」と、根拠はないにちがいないがうれしいことをいってくれた。

ふだんの休み時間に校舎で顔を合わせると、ほかの先輩たちはたいてい近寄って挨拶をしてやっと反応してくれるくらいだが、オオハタ先輩はまだ遠いうちから「お、ダイスケじゃん」と気づいてくれる。僕はそのたびにほっとする。ダイスケ、と下の名前で気さくに呼んでくれることも、いい先輩の証《あかし》だった。

「オオハタのオオは、おおらかのおおだからな」と、先輩はときどき胸を張った。僕が「ダイスケのダイもおんなじです」と返すと、いつも大笑いしてくれた。

僕たち初心者コンビが実戦的な技を教えてもらえるようになるころには、入部から一か月以上が経っていた。クドウ先輩は、月から土までみっちり、基礎の基礎を親切に教えてくれた。先輩自身はあまり練習にならなかったと思う。経験者の練習メニューに、ほかのひとの半分も参加できていなかった。部長のキタザワ先輩はとくになにもいってこなかった。ほかの部員もそうだ。たまに来る顧問も「偉いな、クドウ」とひとこと声をかけるだけだ。自分、このくらいしかできないんで。クドウ先輩がよくそういっているのが、手に取るようにわかった。コーチは「教えるのがいちばん自分のためになる」とクドウ先輩の肩を叩いた。

初心者の練習の基礎では前方回転受身に苦労した。前転のようなかたちで回り、受身をとって立ち上がるのだが、いつも膝が必要以上に曲がってしまう。危ないから絶対に直さなくちゃいけない、とクドウ先輩はいった。

一方コウキはその点を難なくクリアしていた。うまいねとクドウ先輩もいった。運動神経悪いんじゃなかったのかよ、そう小突くと得意顔になる。「簡単だよ、このくらい」

コウキは球技が苦手なだけで、身体能力自体は低いわけではないらしかった。部活は掃除のあとまず整列をして挨拶し、準備体操をして、次に回転運動といって前転や後転などのマット運動をするのだが、コウキは倒立前転、後転倒立、側転、ハンドスプリングといったむずかしい技もすでに大方できるようになっていた。僕は倒立でまだうまくバランスをとれないし、ハンドスプリングに至っては、尻を思いっきり畳に打ちつけてしまう。

「なんでどんどんうまくなってんだよ」

練習してるから、とコウキは答えた。「土曜、じつはめっちゃ早く来てんの」

「まじ?」

僕たちが鍵当番になっている土曜日は、僕も早めには行っているつもりだけれど、いわれてみればコウキのほうがいつも早い。着くころにはすでに武道場は開錠され、窓も開いている。コウキが畳の上をくるくるしているようすは確かに見たかもしれない。練習は九時からで、僕が着くのはその三十分前くらいだ。ほかのひとはだいたい十五分前から十分前に来るし、五分前やそれよりぎりぎりに来る三年生もいる。

「八時には職員室に誰かしらいるから、そのくらいに来て練習してる」

へっとコウキが笑う。おれができるのはあたりまえだよ、という顔だ。腹が立ったから、「おれもやる」といった。

「八時に来るってこと?」

「来る」

「おれはもうだいたいできるようになっちゃったから、朝練やめようかな」

コウキは意地悪く口角をひん曲げた。それがわざとだとわかった僕は、「おまえも来ておれに教えるんだよ」と肩を軽く殴った。

その週から初心者コンビの土曜の朝練が始まった。コウキにアドバイスをたくさんもらい、できなかったことが少しずつできるようになっていった。その変化に気づいてくれたのはやはりクドウ先輩とオオハタ先輩だけだったが、ふたりとも褒めてくれたので僕は満足だった。柔道部はいいひとばかりじゃない、だけど、いいひともいる。世の中と同じだ。

このころには僕とコウキはお互い名前で呼ぶようになっていたし、ある程度の冗談なら、多少きつくても通じるようになっていた。勉強面で助けてもらうこともあった。コウキは僕より頭がいい。クラスはちがっても、数学と英語は教科担任が同じだったから、わからないところがあれば相談した。どちらの科目も苦手だったのでちょうどよかった。

夜、宿題に手こずったりしてどうしようもなくなると、タキノで電話をかけた。メールだと煩わしかった。電話口でコウキはしばしば「いま何時だと思ってんだよ」とため息をついたけど、「じゃあ、おれが赤点とって部活出られなくなってもいいのかよ」というと、しぶしぶ教えてくれた。実際、コウキがいなければ、目も当てられない成績をとっていただろう。

一緒に勉強をする口実でコウキを家に呼んだり逆に呼ばれたりすることもあった。もちろん早めに切り上げて雑談に興じた。

僕が回転運動や受身をうまくできるようになってからも、朝練はなんとなくつづいていた。経験者に少しでも追いつくためには、これでも足りないとわかっていたからだ。

ある日の朝練では前日習ったばかりの大外刈りを反復した。「つま先伸ばせっていってたぜ」「もっと胸をぶつけるんだって」「釣手《つりて》はたぶんこういう感じ」などといいあい、お互いの技のかたちを手探りで磨いていく。

「前さ、入部した理由、柔道かっこいいとか、あれ、本気?」

朝練を終え、ほかの一年生が来るのを待ちながら訊いた。訊かずにはいられなかった、というのが正しい。僕たちは先週やっと届いた道着を着ていた。まだしっくりこなくて、先輩たちのように強そうには見えない。

「本気って、どういうこと」

「いや、絶対それだけじゃないだろうなと思って」

コウキはちょっと考えてから、「ああ、まあね」といった。話したそうな、話したくなさそうな、あいまいな表情だった。

「なんなの？」たまりかねて僕はいった。

「いや、あとでいうわ」

「なにそれ」

「練習終わったらちゃんというから」

その日は大内刈りを習った。その前は大外刈りだった。名前は似ていても、全然ちがう技だ。右利きなら、大内刈りは相手の左足を内側から刈るが、大外刈りは相手の右足を外側から刈る。大内刈りはコウキのほうがうまくて、大外刈りは僅差で僕のほうがうまかった。

帰り道、コウキは約束を守った。正午過ぎに鍵を返し、腹を空《す》かせたまま家路についた僕たちは歩道橋を渡る。

「おれさあ、取り柄がほしいんだよね」

歩道橋の上で立ち止まり、柵の手すりに両肘を載せてコウキはいった。腹減ってるのに止まんなよ、と思ったけれど、コウキの横顔が真剣なのでいわないでおいた。その代わり、隣に並んで同じ姿勢をとる。自家用車やバスが眼下を抜けていく。

「取り柄って？」僕は尋ねる。

「取り柄は、取り柄だよ。柔道部に入った理由」

コウキはじっと、斜め下の道路から視線を動かさないでいった。ぬるい風が顔に吹きつける。僕は黙ってつづきを待った。

とてもいいにくそうに、コウキは何度も口を開きかけては噤《つぐ》んだ。のどの浅いところ、けれど手を突っ込んで取り出すわけにもいかないところに、言葉のかたまりがずっとつっかえているらしかった。そういうものをうまく、するりと引き出してあげる方法を、僕は知らない。

ようやくコウキから出てきた言葉は、「軽蔑するなよ」だった。くしゃくしゃの、弱気な顔になっていた。

「しねえよ」

ほんとか、と念を押してくるかと思ったら、コウキは長いため息をつくだけだった。そしていった。

「おれ、小学校でいじめられてたんだわ。軽くだけど」

ずきりとした。

軽くだけど、というのがいかにもつけたしたようだ。

なんとも思っていないふうを装って、「へえ、それで?」と相槌を打つ。短い沈黙がある。話をする場所にここを選んだわけがわかるような気がした。黙っていても、つねに自動車のエンジン音がして、静かにならない。

「親が離婚して、兄貴とも離れて、一回転校してさ、そこでうまいぐあいに溶け込めなくてさ。もう一回転校するまでずっと、友達いなかった。次の転校先でも、べつにいじめられはしなかったけど、仲いい友達がいたってわけじゃない」

そうなんだ、という僕の相槌は、爆《は》ぜるような音で走る大きなバイクにかき消される。

「正直にいうと、いまもクラスになじめてはいない。まあ、部活があって……ダイスケもいるからぎりぎりセーフだけど」

僕は視線を前だけに据え、ふうん、といった。「それで、どうして取り柄云々《うんぬん》の話になるの」

コウキは短く息をひとつ吐く。

おれには、なんにもない。

「運動神経がすごくいいとか、頭が学年でトップクラスにいいとか、すごくかっこいいとか、お笑い芸人みたいにおもしろいとか……わかりやすい取り柄をみんななにかしらもっているのに、おれにはなんにもない」

取り柄がひとつでもあったら、とコウキはつづける。

「ひとつでもあったらいじめられなかった。絶対に。友達もたくさんできてた。絶対に」

「だから……柔道？」

コウキはうなずく。

「強くなれたら、誰も怖くなくなるし」

そっか、と僕はいった。

どこからか現れた鳩が歩いて道路を渡っている。いまは信号が赤だから安全だけど、青に変わったら轢《ひ》かれてしまうかもしれない。そうなる前に渡りきれたらいいのだが。

クラスの友人たちのことを考えてみた。彼らには、確かに取り柄がある。おもしろかったり、足が速かったり、電車にとても詳しかったりする。しゃべっていて飽きない。だけど、取り柄があるから友達になったかというと、そんなことはない。

だったら、とコウキは語気を強める。

「だったらおまえは、一緒にいて楽しくなくても友達っていえるか？」

信号は鳩が道路を渡りきるより先に変わってしまった。車の迫る音に驚いて、慌てて飛んで歩道に上がる。

黙っている僕に、コウキは「ほらな」という。

「取り柄のないやつは、誰にとっても楽しくないし、おもしろくないんだよ」

笑っているような、怒っているような、失望しているような、複雑な横顔だった。

腹立たしかった。コウキの考えかたは独りよがりだし、「誰にとっても」というのは、誰のことも考えていないのと同じだ。なにより、真横にいる僕にいちばん失礼じゃないか。この時間は僕にとって、なんだっていうのだ。わかっていてこんな話をしているのなら、僕はコウキを殴ってやってもよかった。

でも、僕が思っているようなことをそのままいったら、コウキはきっとこういうだろう。

じゃあ、おれがいじめられた理由が、ほかにあるっていうのかよ。

そんなのは悲しすぎた。だから僕はコウキの肩をいちど強く叩いて歩きだした。いてえな、なにすんだよ、とコウキが怒ってついてくる。

僕はコウキにいいたかった。

取り柄——「できること」で好かれたって、苦しいだけだ。

「そういうことなら、絶対辞めるなよ」僕はいった。

はあ？　とコウキはすっとんきょうな声を上げ、「おまえのほうが辞めそうだけどな」という。

「辞めねえよ」

歩道橋の階段を下る。嘘みたいだけれど、さっきの鳩が、階段を上ってきていた。ちょん、ちょん、と一段ずつ跳んでいる。思わず笑いがこぼれた。コウキも気づいて笑う。鳩を驚かさないように、縦一列になって階段の端を進んだ。鳩は頭を前後に振りながら僕たちとすれちがう。コウキが辞めないうちは、僕も辞めない。そう決めた。


梅雨入りを迎えた六月中旬、ようやく経験者の練習に最初から最後まで参加させてもらえるようになった。連日の雨がグラウンドを台なしにして、サッカー部と野球部を困らせていた。クラスのサッカー部員いわく、屋根のあるピロティで基礎体力づくりをしているそうだ。野球部員も同じようなことをいっていた。体育館はバレー部やバスケ部の領地なので、練習場所はピロティ以外に残っていないらしい。

コーチの指示によって、僕たちは打ち込み稽古《げいこ》をしている。

打ち込みというのは反復練習のことだ。ふたりで組み、一方が技に入る「取り」、もう一方がそれを受ける「受け」となる。取りは受けに対して同じ技にくりかえし入り、そのかたちを体に染み込ませ、洗練していく。

きょうの打ち込みは、お互いに十回ずつ技をかけたあと、相手を交替して十人、つまり合計で百回やった。正直、きつい。打ち込みはかたちの確認だけと思っていたら大きなまちがいで、投げはしないものの一回一回全力で技に入る。当然、息は上がるし汗もかく。体の内側でなにかが燃えている感触が強くある。

重く厚い体がぶつかりあう破裂音、足が畳を擦《す》る音、回数をかぞえる受けの声の低い重なり、一瞬のあいだに息継ぎをする取りの呼吸、それらがばらばらに武道場に響いている。僕から出る音はどれも弱々しく、か細く、納得のいかないものばかりだ。

ヒグチ先輩と組んだときがいちばんつらかった。身長は僕とほとんど変わらないのに、体重がちがいすぎてまるで手応えがない。しかも、パンパンに太った胸が邪魔をするせいで釣手がとても使いづらい。釣手というのは簡単にいえば利き手のことだ。相手の襟を握る手。反対に、利き手でないほうの手は――僕の場合左手――引手《ひきて》といって袖を握る。

僕が受け、ヒグチ先輩が取りになると、今度は吹き飛ばされないようにするだけで必死だった。「チッ」と時々舌打ちが聞こえた。そのたびに僕はすみませんと謝った。僕の声は毎回少しずつ小さく細くなっていった。受けがへたなせいで先輩がたの練習に迷惑がかかっているとしたら悲しいことだった。

打ち込みよりも厳しいのが投げ込みだ。打ち込みは技の入りまでの練習だが、投げ込みはその名のとおり投げるところまでやる。きょうは五回投げるのを五人、つまり計二十五回投げる。同じ数だけ投げられる。

「腰引くなよ」

最後に組んだナガサキが鋭い目をさらに尖《とが》らせ、いった。キタザワ先輩によく似た体格のナガサキは、組むだけで威圧感がある。打ち込みや投げ込みは勝負ではないのに、勝てっこない、と思わされてしまう。

ナガサキが繰り出す払《はら》い腰《ごし》が、僕の本能を喰うようにして、僕に腰を引かせる。

上手に受身をとれるように、ナガサキの足がどういうふうに動いてくるのか下を向いて凝視してしまう。でも、結局ナガサキの釣手と引手に力ずくで姿勢を正され、そのままの勢いで投げられる。

鈍い音。

心の準備ができていなくて、受身をとっても、痛い。畳を叩く左腕も、畳に打ちつけられる両脚も痛い。かろうじて顎《あご》を引き、後頭部を打つのを防いでいる。

「受けがへた」

起き上がろうとする僕をめがけ、ナガサキのそんな刺々《とげとげ》しい言葉が降ってくる。

すみません、と思わずいい、立ち上がり終わったところで相手が同い年だと気づいた。あまりのダサさに涙が出そうになるのを、頬をつねることでこらえた。

ナガサキはさらに四回僕を投げたが、そのどれに対しても手を抜かなかった。僕の受けかたは相変わらずへたくそだった。おかげでずっと痛かった。いらいらして技が雑になり、そのせいで痛いのだ、そういうふうに相手のせいにできないのがまた厳しかった。

僕が投げる番になる。「体落《たいお》とし」といい、いま練習中のその技に入る。

悔しいがナガサキの受けは尋常でなくうまかった。僕が入りやすいように立っているし、体重をごく自然に移動させるので投げやすい。一、二、と、なんでもないような顔で数をかぞえ、きれいに飛んで、きれいに受身をとる。

自分はこの百分の一もできていないのだろう。経験者たちに追いつくには、ほんとうに遠い道のりを急がなくてはならないのだ。

五回投げ終わると、
ナガサキがぼそりといった。

「おまえ」

「一生強くなんねえよ」

受けがへたなやつは、柔道がへた。

——啞然《あぜん》としたままキタザワ先輩の号令に合わせて礼をした。

かつてオオハタ先輩がいってくれたのとは真逆の言葉だ。それは脳みそに反響しつづけ、しばらく僕を支配していた。足のすくむような感覚がある。おまえ、一生まちがってるよ。そういわれているような気がする。まちがったまま進めよ。いつかわかるから。ほんとうに取り返しがつかなくなって、やっとわかるから。

「休憩！　一年、五分計れ」

キタザワ先輩の怒号で我に返り、僕はタイマーに向かって駆け出した。先輩たちが一年生になにかやれというとき、それらはだいたい僕とコウキの初心者コンビに向けられている。コウキより先にタイマーに辿《たど》りつき、急いで五分をセットする。それでようやく落ち着いて、のどにいままで詰まっていた空気のかたまりがため息となって出た。

目の前に立っているコウキに笑いかけ、自分たちの荷物のあるところにゆったり歩いていく。水分補給をして、並んであぐらをかく。

「疲れた」

「うん、疲れた」

武道場の天井を雨粒が小気味よく打っている。練習中は気にならないのに、休憩の時間になると急に聞こえてくる。

四隅のひとつにはマットが腰ほどの高さまで積み上げられている。こういう休憩時間や、部活が始まる前と終わったあとにはいつも、現レギュラーメンバーが集まり、マットに座って談笑している。キタザワ先輩、ヨヨギ先輩、ヨコヤマ先輩、ヒグチ先輩、オオハタ先輩の五人。レギュラーの先輩たちの表情からは余裕が見え隠れする。

クドウ先輩はきょう部活に来ていない。体調不良で学校を早退したそうだが、僕たち以外にクドウ先輩の欠席を気にしているひとはいないみたいだった。僕たちは「風邪かな」「腹壊したとか」といいあった。

「案外仮病かも?」試しにいってみた。

それには少し、いや、ひょっとしたらかなりの信憑性《しんぴょうせい》がある。もうすぐ部内戦が行われるせいだ。七月の頭にある市大会の団体戦メンバーがこの部内戦で正式に決められる。クドウ先輩は、自分は補欠にすら入れる可能性がないのに、いつも参加を強制されるのがどうしても嫌だといっていた。

僕は武道場の壁のまんなかにある開いた扉からグラウンドをのぞき込んだ。まだらもようみたいにいくつも水たまりができて、その上に雨粒が絶え間なく降り注いでいるのが見える。ちょっと近づけば、次々に生まれる波紋が互いにすれちがっているのも見えるだろう。

部内戦は公式大会の団体戦が近くなるたびに開催される。クドウ先輩が以前説明してくれたところによれば、だいたい三日くらいかけるそうだ。ただ、練習時間を丸々使うのではなく、後半一時間だけ。

武道場は試合場をちょうど二面つくれる広さがある。だからふた組同時に試合できるのだけれど、それでも総当たりのリーグ戦をするほどの時間はないし、トーナメント方式にしても、全員出場するとやはり時間が足りない。

そのため、コーチが絞り込んだ組み合わせで試合が行われる。最終日には、二日めまでの結果を踏まえて選び抜かれた五名と、現レギュラー陣五名が団体戦形式で試合することになる。試合を組んでもらえないひとは、団体戦のメンバーに選ばれる可能性がゼロだというわけだ。

そんななか、クドウ先輩の試合が毎回のように部内戦で組まれるのだとしたら。

決して、先輩を苦しめるためではないんじゃないか。

むしろ――。

ビイイッ、とタイマーが鳴って、休憩が終わった。

「集合！」

キタザワ先輩の号令がかかる。おうっ、と揃って返事をし、部員がコーチのところに集まる。

部員たちは半円形に並んでコーチを囲む。

しいんとしている。雨の音――屋根やアスファルトを打つような音もそうだが、水たまりに落ちる、ぴちん、という音さえ聞こえてきそうだ。誰もがある予感を抱きながら、コーチの言葉を待った。コーチは部員を端から端までぐるり、見ていく。僕とも目が合ったような気がした。悪いことをしていないのに叱られたような、見透かされたような感じがして、寒気がした。

コーチは眉間にしわを寄せる。そしていった。

「ツカモト、フジワラ、組め。ナガサキ、ヨシモト、組め。部内戦をやる」

部員の緊張が一段階上がった。しかしざわつくことはない。名前を呼ばれた四人が短く返事をして、すぐにキタザワ先輩が、どちらの組がどちらの試合場でやるかを指示する。それを合図に部員がわっと散らばって、おのおの見たい組の試合場のそばに立ったり座ったりする。

僕とコウキはタイムキーパーを任された。コウキがツカモト先輩・フジワラ先輩の試合場で、僕がナガサキ・ヨシモト先輩だ。

審判を務めるのはキタザワ先輩と、同じく三年で副部長のヨヨギ先輩だ。僕の試合場にいるのがヨヨギ先輩で、レギュラーメンバーのひとり。すらりと背が高い。体が太いわけではないが、見ていると芯が強いのがわかる。得意技は内股だ。長い脚を振り上げて、残った片脚で相手と自分の体重を支えることになってもまったくぶれない。

コーチはふたつの試合場のあいだに立ち、ふたつの試合を同時に見る。基本、黙っている。ふだんの練習中は厳しい言葉を大きな声で発するけれど、部内戦はとくべつなのだ。じっと観察して、勝ち負けだけでなく、試合運びや攻めかた・守りかた、強み・弱みを見極めている。

一年生のナガサキと三年生のヨシモト先輩の試合は、ものの一分でけりがついた。

中学生の試合は三分間。ヨヨギ先輩の「始め!」の号令があって、僕がタイマーのスタートボタンを押して、ふたりともが気合いを入れるための声を出して、気づいたときにはナガサキの組手になっていた。釣手と引手、ナガサキはそのどちらもを、ヨシモト先輩より先に取った。引手は肘よりも奥を抱えるように持って、釣手は首の根っこのあたりを握って圧力をかける。

ヨシモト先輩は頭が下がり、腰が引けてしまって、完全に守りに入っている。僕の近くでコーチがぼそり「ありゃあだめだな」とつぶやく。ナガサキは、見た目にはそれほど力が入っているふうではない。むしろ軽やかでさえある。しっかり組んだ状態を保ったまま、すり足で移動をくりかえす。しかし、ヨシモト先輩はついていくだけで精いっぱいだ。

組み負けているのだ。一から十まで相手の組手になっている。左へ滑るようにす、す、す、と動いて、ナガサキの鋭利な足払《あしばら》いが飛ぶ。かろうじて繋ぎとめられていたヨシモト先輩のバランスがあえなく消える。

足払い。箒のように足を足で払うだけの、簡単そうな足技。けれど、これは習ったから知っている、全然簡単なんかじゃない。背負い投げのように担いだり、大外刈りのように脚を刈って倒したりしない——だけどダイナミック。オオハタ先輩が手本を見せてくれたとき驚いた。受けを務めていたクドウ先輩が、一回転する勢いで飛んだからだ。いや、浮かんだ、といったほうが近いかもしれない。だいじなのはタイミングと上半身だ、とオオハタ先輩はいった。

ナガサキの足払いで、ヨシモト先輩は浮きこそしなかったが膝をついた。それですぐにカメと呼ばれる四《よ》つんばいの防御態勢に入る。腋《わき》をきつく締め、両手で首を守っている。

ヨシモト先輩の首もとに、鈍い音が聞こえそうなほどのスピードでナガサキの手が突っ込んでいった。多かれ少なかれ殺意がなければああいうことはできない。ぐるんとナガサキが先輩を前転で越えるようにして、自分ごとひっくり返す。次の瞬間には先輩の体は仰向けになり、ナガサキの脚がその体を固く抑えていて、手は襟を使って首をギイギイ絞めていた。かは、という嫌な咳《せき》の音。ああ、と僕は思う。ヨシモト先輩がナガサキの腕を二回、叩く。

周りで見ていたほかの部員たちから落胆と驚きの混じった声がかすかに漏れ出る。

一本、と審判のヨヨギ先輩が宣言して、ナガサキの一本勝ちが決まった。

僕はストップボタンを押す。タイマーが二分と十数秒を残して止まる。ナガサキとヨシモト先輩が礼をして、試合場から捌《は》ける。ナガサキは涼しい顔をしているし、ヨシモト先輩はどんな感情も奥歯で噛み殺している。

見ていられなくて、反対方向に目を向けた。コウキがいるほうの試合場ではツカモト先輩とフジワラ先輩が膠着《こうちゃく》状態になっている。組手争いがつづき、やっと組んでも、お互い警戒して技が出ない。手のうちを知り尽くしているのだ。僕は手元に視線を戻す。

「次、ハラ、ウチヤマ」コーチがいう。返事があって、こちらの試合場は静かになる。いつのまにか雨が激しさを増している。高い天井から響く心地よいような低いノイズが途切れることなく時間を埋めている。特殊な雰囲気だった。いつもの練習も厳しい緊張感に包まれているが、はっきりいってその比じゃない。

部内戦はつづいていく。嫌な気持ちになってくる。強くなりたくて——そんなふうな言葉は、僕のどこから出てきたんだろう？　部員が試合をしていて、コーチが観察していて、そうやって部員の近い未来が決まっていくのを、タイムキーパーの僕はすごく外側から見ている。初心者コンビ。ほかの部員と完全に同化する日が来たら、僕たちはこのなかにいなくちゃいけない。ナガサキはレギュラーに入るだろうか。その次に強いワタナベも入るだろうか。

強くなりたい。そう思った。

ナガサキや、ワタナベや、キタザワ先輩や、オオハタ先輩や、ヒグチ先輩や、副部長のヨヨギ先輩や、もうひとりの三年レギュラーのヨコヤマ先輩や、そういった強い人たちがどのくらい強いのか自分の体で理解できる程度には強くならなくちゃいけない。柔道部に入ろうと思ったときの気持ちとは全然ちがう。言葉は同じで、感情がちがう。

スタートボタンやストップボタンを押しながら、頭のなかで似たようなところを行ったり来たりしていた。

コーチに声をかけられたとき、反応が遅れたのはそのせいだ。

「クドウはきょういないのか」

コーチは、僕の胸ほどの高さがある一本足のタイマーに覆いかぶさって僕を見ていた。

突然のことに答えに窮し、僕は声にならない声を出す。体調不良と聞いている旨をやっと伝えると、コーチはふうんとうなずいた。わずかの間があって、「そうか」。残念がっているような声色だった。

「あさっては絶対来いって連絡しとけ」ぶっきらぼうにそれだけいって、コーチはタイマーから離れ、試合の観察に戻る。あさって――コーチの来ない火曜と木曜は部内戦をやらないので、部内戦の二日めだ。コーチはやっぱり、クドウ先輩と誰かの戦いを見たがっている。

この日、一年生で部内戦に参加したのはナガサキとワタナベだけだった。そして、ナガサキは三試合すべてに勝ち、ワタナベは二試合して一勝一引き分けだった。どの試合も当然二、三年生の先輩が相手だ。いつもの練習でもナガサキたちは強いが、ここまでではなかった。練習と試合はちがう？　本番に強いタイプということか。それとも、練習では力を抑えていたり――。

僕は首を振る。考えてもしかたない。

コウキと一緒に、強さについて話しあいながら帰った。

狭い歩道橋の上で、傘がときどきぶつかって雨粒が散る。柔道着を着るようになってから、荷物が急に大きくなった。柔道着はかさばる。だから、傘が雨を凌《しの》いでくれる範囲よりバッグがどうしてもはみ出して濡《ぬ》れてしまう。

「試合に勝てば、相手より強かったってことになる」コウキはいった。

「でもさ」と僕はいう。「それなら、大会で優勝したひとが参加者のなかでいちばん強いのか」

「そりゃそうでしょ、全勝なんだから」

誤って水たまりを踏んでしまう。水が滲《し》み込んで足が冷たい。そういうことじゃないんだ、と僕は思う。勝ったから強い、それだけで済む話じゃない。

「ナガサキは強い？」

僕は訊いた。

「とても強い」

歩道橋はすぐに終わってしまう。雲のように輪郭をもたない自分の考えをどうにか掴もうと、僕はできるだけ時間をかけて階段を下っていく。早く行けよといわないで、ペースを合わせてくれるところがコウキらしかった。

僕は、

「じゃあ、ナガサキみたいになりたいって思うか？」

と質問を重ねた。

いったあとにはっきりと、これがもっともふさわしい質問だとわかった。自分の頭のなかで、シャッター音にも似た、やけに明快な音がした。まるで頭蓋骨のパーツの組み合わせがいままでまちがっていて、たったいま、正しく組みなおされたみたいだ。簡単なことだ。ナガサキみたいにはなりたくない。決して。

しかし、

「おれは思うよ」

コウキから出てきたのは、僕とは真逆の言葉だった。

おれは強くなりたいよ。ナガサキみたいに。

だってさ、とコウキはつづける。

僕は階段を下る足を速める。

「だってさ、ナガサキって、絶対いじめられたことないだろ」

むしろいじめる側だろ――コウキはへらへらしている。

僕はなんにもいわなかった。地面に薄く張った水が跳ねるのも気にせず、階段を一気に駆け下りる。なにもいわない代わりに心のなかで会話をつづける。ならおまえはいじめる側になりたかったのかよ。そう訊いたらコウキは、そういうわけじゃないけど、と答える。でも、いじめられるよりは、何倍もましだな。僕は唖然として、結局、次の言葉を探し当てることができない。現実でも、心のなかでも、どちらの僕も押し黙ってしまう。

しばらくして、「いじめるより」と僕はいった。僕たちはすでにY字路まで来ていて、じゃあなとひとことといえば、別々の道を行くのがいつもの流れだった。

傘をやや下げて目を隠す。面と向かっていうには僕はまだ弱かった。コウキの顔は完全に遮《さえぎ》られている。

息を吸い、吐く。首から下がまっすぐに立っている。

「いじめるより、いじめられるほうが、何倍も強いだろ」

それだけをいい残し、点滅しはじめた青信号を、僕は急いで渡る。心のなかでは、さっきと同じように幻の会話がつづく。おまえはなんにもわかってねえよ、おまえだっていじめられたことないくせに。コウキが怖い顔でどなる。おまえのいう取り柄ってそんなもんなんだな、と僕がいい返す。そりゃあ好かれなくて当然だわ。そうして、この言葉がきっかけになって、初心者コンビは、幻の解散を経験した。


翌日の練習にもクドウ先輩は来なかった。

部内戦期間中のひりついた空気。あしたは誰が誰と戦い、どちらが勝つのか、その問いが――疑いといったほうが近いかもしれない――武道場に充満している。

およそ二時間の部活時間のうち、前半に寝技の、後半に立技の稽古をした。

後半、あしたに備える意味もあり、乱取《らんど》りという実戦形式の練習は短めだった。いつもなら試合時間と同じ三分か、それより長い四分で八本前後行うが、きょうは二分を五本だ。

コーチも顧問も不在のなか、キタザワ先輩は部員を集めて「ここで怪我だけはするな」と注意を促した。「あしたと大会に向けて調整してくれ」

あしたの部内戦やこんどの市大会を見据えた練習に、僕たち初心者コンビがお呼びであるはずがない。あんのじょう相手を見つけるのに苦労した。先輩にお願いしに行っても不機嫌な表情で

「あとで」といわれるし、そうやって手間取っているあいだに、ほかのひとたちはおのおの相手を確保している。

結局一本めはコウキと組んだ。最後の一本、五本めもコウキと組んだ。あいだの三本は順に、同学年のトヤマとイイダ、それからオオハタ先輩が組んでくれた。

強い。三人ともだ。

なかでも、何十年経っても敵《かな》わないだろうと感覚的に悟らされたのは、やっぱりオオハタ先輩だった。歴然とした腕力の差を感じたのではない。むしろ組みやすい。どこだって余裕で握らせてくれる。それにもかかわらず、自分の力が相手にかけらも伝わっていないと思わされるのだ。地に足がつかない感じがする。重心がうわついて、怖い。

そうこうしているうちに、なめらかにオオハタ先輩の足技が入り、いつのまにか内股が決まっていた。いつのまにかというのがなんともしっくりくる。気づいたときには背中を畳に打ちつけて見事に受身をとらされていた。

「おう、ダイスケ、どんどん仕掛けてこいよ」

先輩はそうやって僕をけしかける。

なんとかひと泡吹かせてやりたい一心で先輩に立ち向かっていく。投げるまではいかないかもしれないけれど、どうにかバランスを崩したい。先輩が思わず「おっ」といってしまうくらい。

知っている技をぜんぶかけた。

足払い、大内刈り、小内刈り、大外刈り、背負い投げ、体落とし。

どれもだめだった。ちっとも効きやしない。うまく懐に潜り込めた気がしても、そんなのは一瞬で、先輩はひょいと軽くかわしてくる。技がかかっている、という手応えに乏しい。

「おう」オオハタ先輩は組んだままいった。「下向くな」

「はい」

「相手の足見てたって反応遅れるだけだぞ」

これはクドウ先輩にも何度も注意されていることだった。

足を見て相手がどう動くのか判断しようとしても、視覚で捉《とら》えた情報を処理しているとワンテンポ遅くなる。ほんとうは、下なんか見ずに前を向いて、相手の動きを全身で感じとらなければならない。それで、反射的に動けるようにしなくてはならない。

これがむずかしいのだった。

「止まるな!」

先輩の声にはっとする。考えすぎて足が止まっていた。

その後もくりかえし投げられた。先輩は足技を重点的に試しているみたいだった。足払いとか小内刈りとか、ふつうは相手のバランスを崩すために使われる技たちだ。だけど、絶妙のタイミングで繰り出されれば、僕はあっけなく飛んでしまう。

二分間でいちどだけ僕に投げさせてくれた。体落とし。大内刈りで一旦相手を背中側に崩したあと、体勢を立て直そうと重心が前のめりになったところに入り込む。それがうまくいった。ヨイショーッ、と大声を出す。

オオハタ先輩は受身をとって、仰向けのまま、

「いいじゃん」

と褒めてくれた。

「ありがとうございます！」

応えながら、僕は悔しかった。

だって、いまのはまるで、投げ込みだった。投げやすいように飛んでくれただけだ。決して僕が強くなったんじゃない。

おまえはまだ弱いんだから、とやさしく諭《さと》されたみたいだった。


次の日の部内戦二日め、クドウ先輩がやっと来た。

コーチにいわれた「絶対来い」というのをその日の夜にそのままメールすると、了解、という返事があったのだった。試しに体調大丈夫ですかと尋ねてみたら、まあね、と返ってきた。やっぱり仮病だったのだ。

コーチはクドウ先輩と一年生のササキを試合させた。先輩は返事をした直後にため息をこぼしてオオハタ先輩に後ろ頭をはたかれていたけれど、結果は瞬殺だった。クドウ先輩が、ササキを瞬殺だ。決まり技は払い腰だった。

全然負け犬なんかじゃないじゃないですか、先輩。コウキがいっても、クドウ先輩は首を振る

だけだった。

「弱い相手には勝てるんだ」あとになって先輩は説明してくれた。「正確には、自分より弱いとわかっている相手、だな」情けないよ、と笑う。自分より強いかもしれない相手だと、すごく弱気になるんだ。

確かに、ひと月前にあった大会の個人戦でも、クドウ先輩は一回戦負けを喫していた。ほとんど攻め込むことができず、三つで反則負けになる指導をふたつももらったすえ、払い腰だったかなにかで豪快な投げられかたをした。一本負けだった。

部内戦のあと、クドウ先輩はなにやらコーチにいわれていた。その内容は教えてくれない。もうおれは諦めてるのにな、と、ぼそりとつぶやく。僕とコウキは顔を見あわせ、諦めなかったらいいのに、と目で会話した。コーチが僕たち初心者コンビの指導役に先輩を抜擢したのは、レギュラー候補圏外の負け犬だからなんかではないのだ、きっと。先輩がそれを、自覚しているくせに認めようとしないのがなんとももどかしかった。

「悔しくなるのが嫌なんじゃない？」

コウキがいう。

帰り道で、いつものように話していた。

きょう一日じゅう曇ってこそいたが、雨は降っていなかった。「公園行こうぜ」と僕が提案して、ベンチに並んで腰かけていた。歩道橋の、いつもの階段を下りないでまっすぐ行くと、その公園に繋がっているのだ。

「どういうこと?」と僕は訊く。ところどころうっすらと湿った木製のベンチは、決して座り心地がいいとはいえない。濡れないように、尾骨を少しだけ座面に載せた。

「だって、クドウ先輩が本気でがんばったとしても、やっぱり、いまのレギュラーに勝つってのはむずかしいだろ。結局レギュラーには入れない」

「まあ、そうなのかもしれないけど」

「たぶん先輩はそれが嫌なんだ。諦めたほうが楽ってことかもしれないし、諦めないでがんばって、でもむりで、泣くくらい悔しくなるのがつらいのかもしれない」

僕はベンチから立ち上がり、ブランコへ歩いていく。

「楽しいのかな、クドウ先輩は?」

「むずかしいね」ベンチに残っているコウキが少しだけ声を張る。

「なあ、コウキだからいうんだけど」

「うん?」

ブランコの座面に直接足を載せた僕は、立ち漕ぎを始める。両手で握った鎖には、米粒大の水滴が幾何学的に並んでいる。手のひらが濡れる。

「もう諦めてるって先輩いってたけどさ、じゃあ、なんで柔道つづけてられるんだろう?」

コウキは答えてくれなかった。キイ、キイとブランコの情けない音だけが揺れる。半透明の空気が薄い膜を張って、この公園をまるごとくるんでいるみたいに見えた。なにもかもが少しずつぼかされている。

「おれ」僕はいった。「ひどいやつかな」

短い沈黙のあと「そんなことないよっていってほしいのかもしれないけど」とコウキは前置きした。心臓が突然に重みを増すのを感じる。キイという音の間隔がだんだんと開いていき、その響きもますます弱々しくなっていく。空気は相変わらずぼやけていて、吸い込むと苦い。わずかな余韻だけを残して僕は揺れを止める。

「多かれ少なかれ、みんなひどい」

そうかもしれないと僕は思った。

ブランコを降りる。

話題をなくし、僕たちは少しのあいだ黙っていた。僕はぴりぴりした柔道部の雰囲気のことを考えてみた。次の団体戦は七月の頭。勝ち抜けば県大会。

「じゃあ、帰ろうか」

そういって出口に向かって歩きだす。空は暗く、公園を出た先の住宅街から夕食のにおいや早めの入浴の音がぽちぽちしはじめていた。

しかし、コウキが座ったまま、「この前の話だけど」といった。

来た。

あの話だ。

僕は立ち止まる。

いいにくいんだけど——とコウキは話しはじめる。いちどつばを飲み込んで、うん、と唸ったあと、気まずそうに笑顔をつくりながらいった。

「いじめられっ子のほうが強いっていうのは、やっぱり……無責任ないいかただと思う」

その笑顔は、おとといの顔と同じはずだった。人間と人間のクッションになりたがっている、へらへらした笑顔だ。だけど、僕にはそれが、おとといの何倍も重たく見えた。なぜだろう。無責任という言葉が引っかかったのか。そうでないなら、コウキが一日置いてこの話題にふたたび触れたせいだろうか。

僕は、「そうかもしれない」といった。

立っている僕、座っているコウキ。僕はコウキの顔を直視できなくなって、後ろの住宅街に視線を移した。それでも、この話をいますぐ打ち切ってしまいたいとは思わなかった。

いじめられたことないくせに。

おとといコウキにいわれた言葉がよみがえる。いや、これは、幻の会話のほうだったか。でも妙に生々しかった。もっと時間が経ったら、ほんものと見分けがつかなくなるだろう。

僕はいじめられたことがない。いまの僕は、いじめられたことのあるひとにはなれない。だから、コウキの気持ちの芯を捉えることはできない。ひょっとするといじめたことならあったかもしれない。心のどこかで他人を見下したり憎んだり否定したりすることをもそう呼ぶならば。僕たちのあいだには埋まらない溝がある。それはもどかしいことだった。文章のいちばんだいじな部分に、どうしても読めない漢字があるみたいに。

「でも……おれも、ちゃんと考えてみてわかったことがある」

僕を見上げ、コウキはいう。さっきよりは軽快な表情。

「おれは、ただ強くなりたくて、ただ取り柄がほしいだけだ」

ナガサキみたいにっていうのは、要らない。

いい終わるとコウキは、肩の荷が下りたように、ふう、と声に出して息を吐いた。

僕はなにもわからなかった。

コウキの過去や、いま考えていることが、すべて半透明のなかに包まれてしまう。そんなのははじめからずっとそうだった。僕とコウキは別人なのだ。たとえどこか似ている点があるとしても、全然ちがうなかの数点に過ぎない。べつの親から生まれ、べつの環境で育ち、べつのものを食べて、べつのひとと出会い、べつのものを見て、たまたま現在一緒にいるだけだ。僕にコウキのことはわからない。はじめからずうっと。

それでいいじゃないか、と誰かはいうだろう。わからないのはあたりまえなんだから、それでいいじゃないか。そうしたら僕はこう返すだろう、そうかもしれない、と。そうして、そのひとと話すのをやめるだろう。金輪際話さないと決めるだろう。

僕はコウキの隣に座りなおした。目線は正面。渡ってきた歩道橋の端が見える。

わかりようのないものを、わからなくてあたりまえだと諦められるほど、シンプルに生きることは僕にはできない。僕たちは中学一年生で、気分はきっとまだ小学七年生で、こんなことを自分でいうのは変なのかもしれないけれど、まったく、賢くないのだ。コウキは僕よりテストの点数が高いけれど、強いってどういうことなのか、その答えは知らない。それだって、自分のことを賢いと思っているより百倍はましだという気がする。

「取り柄がなくても」

と僕はいった。

「友達は、友達だけどな」

視界の隅で、コウキがこちらを向くのがわかる。

「べつに柔道がんばんなくたっていいじゃんっていいたいのか？」

「ちがう」顔を正面に向けたまま、僕はいう。意図というのは、そのままのかたちではめったに届かないものだ。僕たちはキャッチボールをしているようで、野球の硬球を投げたらバレーボールが返ってきたり、ピンポン玉を投げたら軍手を丸めたかたまりが返ってきたりする。「ほかのやつは知らないけど。おれは、コウキに取り柄があってもなくても、柔道部の初心者コンビってことで、大丈夫だから」

なんだそれ、とコウキは笑った。その初心者ってのそろそろ返上しねえとな、といって肩を殴ってくる。

「照れてんじゃねえよ」

「うっせ、照れてねえよ」

今度はコウキが先に立ち上がる。「やべ、遅くなっちゃったな」

「宿題終わってないんだけど」

「おまえ、また夜中に電話かけてくんなよな」

「わかったわかった、きょうは気をつける」僕も立ち上がる。

僕たちは住宅街のほうに歩き出す。突き当たりを右に進めば、いつものY字路に出る。だが、コウキは突き当たりを左に進めばいい。少し先の角を曲がるといつもより近道になる。

なにも考えられないくらいに無言だった。強いていうなら、いまのことだけを考えていた。残っている宿題や、あさって行われる最後の部内戦や、ほんとうは強いクドウ先輩や、コウキに友達ができるといいという願いや、強さとは・賢さとは・友達とはという問いが白紙に戻っていく。全身の皮膚が障子紙みたいに張り替えられていくようだった。いまのことだけ考える。コウキと歩いているということだけを知っておく。それがすべての基本だと思った。

「じゃあ」

突き当たりで軽く挨拶して、僕は右に曲がる。坂を下る方向だ。コウキは坂を上って途中で大通りに出、さらに上っていけば、住んでいるマンションに着く。

そのはずだったが、左に曲がらずについてきた。

来たのか、と僕がいい、いつものところまでな、とコウキがいう。

Y字路までも、結局、僕たちはほとんど無言だった。心地よい無言。坂を下り、顔や腕に風が吹きかかってくるのを感じたり、アスファルトが欠けたような石ころをまっすぐ蹴ったりした。

これから梅雨が明けて、どんどん暑くなっていくのだろう。そうしたら、学校の生徒全員が半袖に切り替わって、エアコンの温度が下がらないことに文句をいって、蟬《せみ》の鳴き声を授業に集中しないいいわけにして、体育祭に向けた練習がぼちぼち始まって、そのころには僕たちは完全に柔道部の一員として過ごすようになっているかもしれない。試合にも出るかもしれない。

Y字路に着く。

横断歩道の信号は青だ。

じゃあな。コウキがいう。

またあした——僕は返事をして、白いところだけを踏んで対岸に渡っていく。

一歩進んで、コウキは気づいていないいんだろうかと思い、もう一歩進んで、目に見えるものや数字でわかるものだけが取り柄だと思っているんじゃないだろうかと思う。さらに二、三歩進んでも、とくになにも思わなかったけれど、最後の一歩で、宿題しなくちゃと思った。コンビニや街灯の灯りが、横浜の星空をかき消している。


部内戦最終日。

組まれた試合は五つ。二日めまでは予選みたいなもので、きょうが本戦だ。現レギュラー陣と予選で選ばれた五人とのレギュラー争奪戦。これで次のレギュラーが本決まりになるとあって、初日と第二日も充分ぴりぴりしていたが、比べものにならないくらいに張り詰めていた。誰もしゃべらない。誰も目を合わせない。無音かつ無表情の牽制《けんせい》だ。

僕たちは居心地の悪さを肌で感じ、自分は出ないのにすごく緊張していた。

対戦カードは次のとおり。

オオハタ先輩（二年）――ワタナベ（一年）
ヒグチ先輩（二年）――スズキ先輩（三年）
ヨコヤマ先輩（三年）――クドウ先輩（二年）
ヨヨギ先輩（三年）――ナガサキ（一年）
キタザワ先輩（三年）――ウチヤマ先輩（三年）

本戦はひとつの試合場だけで進められた。

初《しょ》っ端《ぱな》は、オオハタ先輩とワタナベの対決。

コーチ自ら審判を務め、僕とコウキは相変わらずタイマーのところに立ち、顧問やほかの部員は壁ぎわに並んで座り、思い思いに声を張り上げて両者を応援する。

接戦だった。お互いよく技が出て、僕はどっちが勝ってもおかしくないと感じた。ヒートアップしていく応援の声に武道場が揺れていた。

オオハタ先輩は足技を中心に攻めを展開する。ワタナベは小さく、標準的な身長の先輩と比べても体格差が大きいので、ふつうとは戦いかたを変える必要があった。激しい組手争い。ワタナベは捕まるまいとして細かく動き回る。目まぐるしいスピード。高速の柔道。先輩は片手しか持てていなくても足払いを繰り出してワタナベの動きを止めようとする。

そして一瞬のことだ。

気合いのこもったワタナベの声が武道場に響き、オオハタ先輩の背中の全面が畳に打ちつけられ、左手が畳を叩いて重い音を立て、一本、それまで、とコーチが右手を高く挙げ、武道場がしばらくのあいだ黙る。僕たちはタイマーを止め忘れ、雨降りの外で雷が鳴りはじめて、動きを失った柔道部をよそに時間だけが勝手に進んでいる。

オオハタ先輩はなかなか起きなかった。部員の視線を浴び、高い天井を仰ぎ見ている。呼吸をくりかえし、みぞおちが上下する。

ワタナベは早々に開始線に戻って服装を整え、肩で息をしている。袖で額の汗をぬぐう。

止め忘れていたタイマーが、鳴る。

「早くしろ」とコーチにいわれ、オオハタ先輩がやっと立ち上がった。開始線に戻っても下を向いたままだった。乱れた道着を正すこともしない。コーチがワタナベの勝ちを宣言し、お互いに礼をして、試合場の外へ下がって、あまりひとがいない入口近くの壁に崩れるようにして腰を下ろした。

「次、ヒグチとスズキ」

そうして、次の試合が始まる。

ほかの試合は順当な結果に収まった。

ヒグチ先輩はスズキ先輩に抑え込みで一本勝ちをした。次の、ヨコヤマ先輩とクドウ先輩は、払い腰でヨコヤマ先輩の一本勝ち。クドウ先輩は敗れこそしたが、腰を引いたり頭を下げたりしなかったし、果敢に攻めた。最後には悔しそうな表情も見せた。先月の個人戦で見たような、自分より強い相手との戦いかたではなかった。

ヨヨギ先輩とナガサキの戦いでは、ヨヨギ先輩が勝った。得意の内股で、あのナガサキが宙を舞ったのだ。おおっ、と全体が沸いた。ナガサキが空中で体をひねったので背中が完全に畳につくことはなかったけれど、技有《わざあり》のポイントが入り、そのあとはほぼ膠着状態で時間切れだった。ポイントを取り返そうと攻めるナガサキを、ヨヨギ先輩がいなす構図だ。

いちど、ナガサキがヨヨギ先輩を投げそうになる瞬間があった。背負い投げだった。ふだんナガサキが背負い投げという軽量級向きの担ぎ技を繰り出しているところは見たことがない。それなのにこういう土壇場で出してくる。悔しいけれどさすがだった。予想外の技が飛んできて、ヨヨギ先輩は肩から畳に突っ込んだ。体はうつぶせで、ポイントはなし。ヨヨギ先輩がすぐに隙のないカメになったので、ナガサキは攻めあぐね、審判の「待て」がかかった。

キタザワ先輩とウチヤマ先輩の三年生対決は、キタザワ先輩の一本勝ち。技有を二度取って、合わせて一本だ。投げた技は順に、大外刈りと大腰だった。ウチヤマ先輩も負けじと攻めていたのだけれど、キタザワ先輩が部長の風格を見せつけたかたちになった。

全試合が終わると、コーチは全員を集合させた。部員はコーチの周りに円弧を描いて並び、言葉を待つ。僕たち初心者コンビは二、三列になっている円弧のいちばん外側に立っている。いくつもの顔と顔の隙間からオオハタ先輩が窺《うかが》えた。僕のところからは遠かったけれど、まだうつむいているのがわかった。

クドウ先輩はコウキを挟んだ隣にいる。いまは悔しさを通り越し、憑《つ》きものが落ちたような穏やかな顔をしている。

全体に向けてコーチは「まずはご苦労さま」といった。「試合をした者はおのおの、課題が見えてきただろうと思う。その点をよく自分で分析し、改善して、一本をとる柔道をすること。試合を組まなかった者は次こそレギュラー争いに食い込んでやろうという気概をもって練習に励むように」

全員が揃って返事をする。僕は腹から声を出しながら、横目でオオハタ先輩を見やった。先輩が返事をしたかどうかは判然としなかった。

コーチは部員を見渡す。

「あすの練習で、新レギュラーを発表する」

オオハタ先輩が顔を上げ、唇を噛んだ。

整列をして、黙想や終わりの挨拶を済ませて着替えるあいだも、僕は先輩に話しかけるタイミングを見極められないでいた。コウキはそういうのを察して「いまは話しかけないほうがいいんじゃないの」といってくる。

僕たちはできるだけ入口側で、小さくなって帰る準備を進めている。武道場には騒がしい話し声が飛び交っていたが、その間隙《かんげき》を縫うように妙な緊張感が蛇行してもいた。笑い声の裏に、どこか粘ったいような、意地悪な空気が貼りついている感じがする。

「そうか？」道着をていねいに畳んでバッグに収めながら、僕は訊き返す。そういえばこの畳みかたを教えてくれたのもオオハタ先輩だった。

「触らぬ神に祟《たた》りなし、だからな」

コウキがそう笑うのが少し、ほんとうはすごく、腹立たしい。

だいいち話しかけてどうすんだよ、とコウキはつづける。「まだ、オオハタ先輩がレギュラー落ちするって決まったわけでもないし」

「ばか、声がでけえよ」

コウキが慌てて口を押さえ、僕は咄嗟《とっさ》に、武道場の奥にいるオオハタ先輩のほうを向く。先輩はもう着替え終わって、リュックサックを担ごうとしているところだった。こちらへ歩いてくる。聞こえてはいないらしかった。だけど表情が険しい。ふだんならヒグチ先輩あたりと一緒に武道場を出るのに、きょうは、誰より早く帰ろうとしているみたいだ。

先輩は早足で歩いてくる。きっと、頭にはあしたのことしかないのだろう。ワタナベの背負い投げの感触が体にまだありありと残っていて、そのせいで、真っ暗なあしたしか考えられなくなっている。

オオハタ先輩が僕たちの視線に気づく。

目が合い、あ、と僕が思うより先に、先輩は顔を歪《ゆが》ませて視線を逸《そ》らした。僕たちには気づかなかったふりをして、横を通り抜けていく。

ほらな、とコウキがいう。

ほらなじゃねえよ。

バッグのファスナーを急いで閉め、先輩を追いかける。おい、とコウキが止めるのを無視すると、結局コウキもついてきた。

話し声が一瞬途絶え、すぐにまた始まる。

武道場の玄関部分で靴をつっかけて、

「先輩」

出てすぐのところで、オオハタ先輩に追いついた。

先輩は振り向かなかった。グラウンドの端、歩道になっているところを迷いなく進んでいく。

先輩、と僕はもういちど呼んで追いかける。コウキが、なあ、やめとけって、と僕の肩を後ろから摑む。止まるわけにはいかない。僕はべつに、先輩を元気づけたり、レギュラーきっと大丈夫ですよなんていったりしたいのではない。それがとても無責任なことくらいわかっている。

コウキの手を払って、走った。校舎のすぐそばまで来る。校舎に向かって右に校門。

僕は確かめたいだけだった。オオハタ先輩がワタナベに負けて、でも、そのくらいじゃ、オオハタ先輩はオオハタ先輩でなくなったりしないということを。先輩の正面に回り込む。目の前にオオハタ先輩を見据える。

先輩の肩越しに、コウキがいるのが見える。

その隣には、クドウ先輩がいた。

僕の目線を辿り、オオハタ先輩が首だけで振り返る。クドウ先輩を認めると坊主頭をかきむしる。首の向きをもとに戻し、僕を一瞥《いちべつ》したあと、横を素通りしようと足を動かす。

僕は行く手を阻む。

「うっとうしいな」

オオハタ先輩はいう。抑揚のない口調だった。のどの、口にいちばん近い部分だけを使って声を出しているみたいだった。ため息をつく。ふたたび坊主頭をかく。

先輩、と僕はいう。コウキが、やめとけって、と口を動かす。クドウ先輩が、まぶたの開きぐあいを左右でちぐはぐにして困った表情を浮かべている。

「オオハタ先輩、また、技、教えてください」

僕は笑顔でいった。

「そろそろ僕たち、ばっちり練習に参加できると思うんですよね、だからもっと厳しく、教えてもらいたいです。先輩に」

武道場から部員たちが出てくるのが見える。彼らの足音はずっと遠くで鳴っている気がする。

オオハタ先輩は、

「あしたになったら、その気持ちも変わってるよ」

といった。

口をいびつに曲げて、いやな笑いかたをする。

ただしそれは、僕を笑っているのではなかった。

「そんなことないです」僕はいった。クドウ先輩も、オオハタ先輩の後ろから「オオハタは大丈夫だって」と声をかける。

オオハタ先輩は、ぐるりと、こんどは体ごと振り返り、

「おまえ、コーチに目ぇかけてもらってんのか知らんけど、わかったふうな口利くなよ」

と低くいった。僕からは後ろ頭しか見えなかったが、眉間にしわを寄せて睨《にら》みつけているのが手に取るようにわかる。胸のあたりがぞわりとした。怖かった。オオハタ先輩もまた、僕とは全然ちがう。オオハタ先輩がいまなにを考えていて、どんな感情を抱いていて、これから先どんなふうに思っていくのか、決してわからない。

クドウ先輩は返す言葉を失い、黙ってしまった。コウキだけが、目を伏せて、諦めたように、ただただ力を抜いて立ち尽くしている。

「先輩――」あとに継ぐ言葉の見つからないまま、僕は当てずっぽうで口を開く。さっき武道場から出てきたひとびとが僕たちの近くを、じろじろ見たり耳をそばだてたりしながら通り過ぎていく。

オオハタ先輩は、僕が次の言葉をうまく探し当てる前に、校門へと歩き出してしまった。

「……おまえたちは、おれとちがって気楽でいいな」

ひん曲がった笑い顔の、底意地の悪い、だからこそ悲しい、そんな表情と言葉を残し、下校時間の人波に紛れていく。足早に遠ざかる後ろ姿に、僕たちはなにもいえない。

土曜日の朝の自主練には、メンバー発表が気になって身が入らなかった。僕もコウキも、なんとなく目が泳いで、体の細部にまで意識が行き渡らない、うわついた感じがした。コウキはきのうのことを引きずって、「おれたちとはレベルがちがう話だから、首突っ込んじゃいけなかったんだよ」といった。距離感なんだ、とさらにつづける。距離感をまちがっちゃいけない。

コーチの来るまでが、長く、それは長く思えた。

部活の始まる九時ぎりぎりにオオハタ先輩が現れた。緊張のどあいがいきなり高まるのが、みぞおちの感覚でわかった。僕は先輩を見ていいのかどうか、中途半端に悩んでしまって、隣のコウキに肘でつつかれた。

十分弱遅れてコーチがやって来た。部員たちは整列をして挨拶し、いつものようにマットの前で半円形に集まる。コーチの言葉を待つ。

そうして——コーチが発表した新レギュラーのなかに、オオハタ先輩の名前はなかった。

代わりはワタナベではなく、ナガサキだった。

七月初旬の市大会の、団体戦のメンバー。オオハタ先輩とナガサキが入れ替わったほかは、そのままだった。先鋒ヨコヤマ先輩、次鋒ナガサキ、中堅キタザワ先輩、副将ヨヨギ先輩、大将ヒグチ先輩。

発表のあったとき、新しいレギュラーたちは、じつにあたりまえの、涼しい態度だった。新たに選ばれたナガサキでさえそうだった。返事はするが、喜びを表に出すことはない。オオハタ先輩に対して申し訳なさそうにするどころか、先輩のほうを見ようともしない。

強さがすべてなんだろう、この柔道の世の中は。オオハタ先輩はワタナベに負け、多彩な技でどんな相手にも対応できるという強みが信用を失い、単純にワタナベより強いナガサキがレギュラー入りした。

市大会の団体戦メンバーはもう動かない。いちおうオオハタ先輩はワタナベとともに補欠に入っていたが、クドウ先輩がいうには「コーチは選手が怪我でもしない限り、補欠を使うことはないからなあ」とのことだ。つまり、滅多なことがなければ、オオハタ先輩が団体戦に出場できる可能性が残っているのは次の県大会だ。

ある日の帰り道、僕とコウキとクドウ先輩で途中まで一緒に帰った。Y字路を過ぎても、クドウ先輩とはしばらく同じ道を歩いた。

クドウ先輩は、自分がレギュラー争いに関わらないことを楽だといった。レギュラー陣は堂々としているように見えるが、内心にはおそらく不安があるだろう、それはレギュラー陣にしかわからないことだけれど、レギュラー陣にしかない苦労でもある、と。彼らの涼しい顔を思い出して、僕はそうは見えないと答えた。だけどクドウ先輩のいうことが正しいんだろうなとも思った。

「お世話になっている先輩が、一回負けたくらいでレギュラーを外されるなんて、悔しいです。すごく」

オオハタはあの日、誰ともしゃべってなかったよ。クドウ先輩はそうもいった。悔しかったんだろうな、すごく。あいつが自分で悔しがってるんだから、おれたちはべつに、わざわざ外から悔しがらなくてもいいんだよ。

そういうものですかと訊くと、そういうものだと思う、とうなずいた。でも心配です、と僕はいった。まあ、その気持ちはオオハタもうれしいはずだから、落ち着いたら話してあげろよ。クドウ先輩はおとなみたいにしゃべった。僕は首を縦にも横にも振ることができなくなって、そういうものなんですかね、と、口のなかだけでいった。

「柔道部って」

僕はつづけた。

「うん?」

「すごくむずかしいです」

レギュラー争いとか、内心と見た目とか、そういうなかに、いつか自分が入っていくかもしれないということが、想像つかない。異次元の、テレビ画面の向こうみたいな気がする。

「どこも一緒だよ」とクドウ先輩はいった。「勝ちと負けがあるところなら、柔道部じゃなくても、どこも一緒だ」

世の中のことをいっているように聞こえた。

このごろのオオハタ先輩は見るに堪えない。いままでと変わらないようすでヒグチ先輩を小突いたりからかったりしようとしているのに、ぎくしゃくしていた。ヒグチ先輩もべつに無視するわけではないのだが、オオハタ先輩がレギュラー落ちしたことを決して忘れることはできないらしかった。妙にやさしかったり、時に言葉に詰まったりした。

休憩時間のレギュラーメンバーの談笑のなかにも、先輩は入り込めていない。ちょっと離れたところからヒグチ先輩にちょっかいをかけるのがやっと、という感じだ。ナガサキや、先輩と同じ補欠のはずのワタナベが、代わりにそこに溶け込んでいた。

オオハタのオオは、おおらかのおおだからな。

あのころのオオハタ先輩とは似ても似つかぬほど小さく見えた。

七月末の県大会の団体戦メンバーにも、オオハタ先輩は入れなかった。個人戦では市大会で六十六キロ級のベスト8に入り、県大会への出場権を得ていたが、部内戦でナガサキに優勢負けを喫した。そんなナガサキは、個人戦でも七十三キロ級で三位入賞を飾り、他校の柔道部にも存在を認められだした。

県大会は、ナガサキがまたも三位入賞で、オオハタ先輩は二回戦負け、ベスト16だった。ナガサキのレギュラーとしての地位はもはや揺るぎない。それでも団体戦はベスト8止まりだった。キタザワ先輩たち三年生にとって最後の全国大会出場のチャンスは、終わってしまった。

柔道部全体に粘ったい空気が流れていた。月日が過ぎても、その粘りけは薄まるどころか、継ぎ足しの秘伝のたれみたいに、濃縮され、熟成され、うっとうしさを増していった。

レギュラーでないひとたちのなかで、オオハタ先輩はいちばん強いということになっている。だけど、先輩は決して、ワタナベと組もうとはしない。ヒグチ先輩はそんなオオハタ先輩のことを、「腐っていってる」と陰でナガサキやワタナベにいっているそうだ。ひどいいいぐさだとは思うけれど、でも、確かなことでもあった。

オオハタ先輩は僕とコウキに当たるようになっていたからだ。レギュラー陣の輪から弾かれた先輩が、非レギュラー陣のなかに居場所を見つけるには、そうするしかなかったのかもしれない。レギュラー、非レギュラー、それから初心者。そういう見えない階層が柔道部にはある。

非レギュラーの層に落ちてしまったオオハタ先輩は、僕たちに対して、寝技で執拗に絞め技を狙ったり、立技で起き上がるのが嫌になるほど投げつづけたりした。柔道のルールには違反していなくても、それは僕たちの心を充分に痛めつけた。

レギュラーになれないほかの先輩たちも、しだいに、オオハタ先輩に倣《なら》って僕たちを痛めつけてくるようになった。一年生も、誰ひとり僕たちを助けようとしなかった。遠巻きに見て、ちょっと憐《あわ》れんで、終わりだ。レギュラー陣はレギュラー陣で、最下層がどうなろうが興味がない。僕たちはこの部でこんなに浮いていたんだ、と思った。もはや、僕たちがまともに対話できるのは、お互いとクドウ先輩以外にいなくなっていた。

「おれは辞めない」コウキの口ぐせがそれになった。毎日オオハタ先輩たちの憂さ晴らしでぼろぼろになりながら、帰り道、歩道橋を渡って、またあした、といわなければならなかった。その約束がなければ、部活に行くのをいつ諦めたっておかしくなかった。

一日くらい、サボってしまおうか。

ふたりで話しあって、あしたは無断でサボろうと決めた。

すると、柔道着が要らないのでバッグが朝からとても軽くて、気持ちまで軽くなったみたいだった。授業中もサボることばかり考えていた。うなじのあたりがぞっとするような、独特のスリルがあった。

しかし、昼食をとり、昼休みが終わり、午後の授業が佳境に入るころには、べつの胸騒ぎが僕を苦しめはじめた。

もし、コウキがきょう、僕を裏切って部活に出たら。

そんなはずはないといい聞かせても、募る不安は振り払えない。六時間めの授業が終わり、帰りのホームルームを済ませると、教室を飛び出して廊下を走った。

コウキが僕を裏切るわけがない。半分はそう信じていて、ただ安心するためだけにコウキの教室に向かう。もう半分は、そもそもそこまで信じられるほど、まだ僕たちは仲がよくないんじゃないかと、新しい疑いが頭をもたげている。

始まったばかりの放課後。廊下を埋め尽くす同い年の群れ。その隙間を縫うようにして急ぐ。僕のクラスは廊下のいちばん端にあり、コウキのクラスは四つ先だった。その途中途中で柔道部の一年生たちとすれちがった。僕はなるべく気づかないようにした。向こうは気がついたかもしれない。あの初心者、血相変えてなにしてんだ、たとえばそう思ったかもしれない。僕は彼らのほうを二度は見なかったから、実際のところはわからない。

ナガサキとワタナベ、あのふたりには会いたくない。それだけを願った。誰の目にもとまらぬスピードで駆け抜けていきたかった。

しかしコウキの教室に辿り着く前にナガサキとワタナベは現れた。ほかの一年生のときと同じように気づいていないふりをすればいいのに、僕は、見て、驚いて、背すじがざわつき、立ち止まってしまった。

一瞬ののち、弾かれたように顔を背け、重たい足を動かした。

「きょうも来るのか？」

ナガサキは僕に近寄ることなく声をかけてきた。それがすべてを物語っていた。おまえたちなど来ても来なくても変わらないし、なんなら来ないほうがいくらかましだ——ナガサキはそういっているのだ。ワタナベが乾いた笑い声を立てる。耳障りな声。僕は彼らを見ないようにした。彼らの気配が遠ざかっていく。砂浜を走っているような、踏み出すたびに足が沈んでしまうもどかしさでコウキの教室に近づいて、開いた扉の隙間に首だけ突っ込み、なかのようすを窺う。

教室の掃除で黙々と机を運んでいたコウキは、すぐに僕に気がついた。片手を挙げて、「おーう、ダイスケじゃん、どうしたの」と顔を綻《ほころ》ばせる。心なしか、ふだん武道場や帰り道で話しているときより明るかった。ちょっと待ってて、というので、掃除が終わるまで廊下に立って待つことにする。

「すまん。どうしたんだよわざわざ」

小走りで教室の外に出てくるコウキの表情は笑顔だった。心配など要らなかったのだ。

僕は「せっかくサボるんだからさ」という。「どっか遊びに行こうぜ」

にやりとするコウキ。

「いいね」

——僕たちは生まれて初めて部活のサボタージュを経験する。そうして、いつもより二時間も早い時間に校門から脱出して、誰にも見つからないように、あるいは半ばわけのわからない興奮に身を委《ゆだ》ねて、全速力で最寄りの駅に走っていった。九月上旬の放課後、うっすら汗ばむ体に当たる初秋の風は、決して僕たちを咎《とが》めているようには思えない。

ちょっと遠出しよう、とどちらからともなくいいだして、みなとみらい線に乗って終点まで行った。制服のまま遊びに出ることがまず初めてだったし、コウキと電車を乗り継いでどこかに行くことも初めてだった。

中華街をうろついて、小籠包や肉まんやごま団子を食べ歩きした。平日だからか、ひと通りはそれほどでもない。

「すごく、気分がいいな」コウキは楽しそうにいった。

僕たちは中華街を一往復して山下公園に向かった。

横浜港沿いの海からそよ風が吹き込んでくる。どのベンチにもカップルと思《おぼ》しき男女が腰かけていた。僕はなんだか恥ずかしいような気がした。ここは友達じゃなくて、恋人と来るところだったかもしれない。

横を歩くコウキはそういうことをあまり気にしていないように見えた。カップルに視線を向けないし、最近あったことを次々としゃべっていた。社会の先生に気に入られてしまって、授業中絶対に当ててくるようになっただとか、数学の先生が板書で二分の一をかけるのを忘れていて、ひとつの問題の解説にふだんの三倍は時間をとっただとか、他愛もないことだ。「先生と仲いいんだな」と僕はいった。

コウキは僕を臨港パークという公園に案内した。背の低いフェンスを挟んで、横浜の海をすぐそこに望む。地面が段々になっていて、僕たちはその上に腰を下ろした。ほかにはひとり、麦わら帽子をかぶって釣りをしているおじさんがいる。注意深く海を見ていると、魚が元気に跳ねているのがわかった。

もうずいぶんと暗くなった、ときどきカモメが横切る目の前の空を見上げた。学校では絶対に嗅《か》げないにおいの海風が、いい。

後ろに手をついて、ああ、と僕は声を出す。「サボっちゃったなあ」

「サボっちゃったなあ」

「怒られるかな」

「無断欠席だもんな」

「でも、この前クドウ先輩もサボってたろ」――部内戦のときだ。

「あれは体調不良って連絡あったじゃん、いちおう」

「そうだったっけ？」

「そうだよ。仮病っぽかったけど」

それからはなるべく柔道部の話題に触れないようにした。すると僕たちに共通の話題がほとんどなくなってしまうのが少しせつなかった。口数は減り、そのぶん海をじっと見つめる。麦わら帽子のおじさんが魚を一匹釣り上げた。海を跳ねているのと同じ種類だろうか。

好きな子がいるんだけど、とコウキはいった。おまえだから話すんだぞ、という注釈つきだ。僕はがぜん興味が湧いて、横を向いてコウキの目を見た。ややうるんでいる。気のせいか。僕とコウキはいままで、この手の話をしたことがなかった。ちょっとどきどきした。僕がどきどきしたってしかたないのに。

「けど、全然しゃべれない」

同じクラスの子？　とりあえず訊いてみると、コウキはうなずいた。

「かわいいの？」

「べつに」

「かわいいんだ」

「うっせえ」

コウキは僕から目を逸らし、「全然しゃべれないんだよ」と吐き捨てるようにいう。「どうすればいいか、おまえ、知らない？」

「名前はなんていうの」

「関係ねえだろ」

「教えてくれないならアドバイスしない」

コウキは大きな舌打ちをして、僕の肩を一発叩いてから、シロヤマだよと答えた。つづけて下の名前を尋ねると、アサヒ、と渋々いう。

「ビールみたい」

「ばかにするなよ」

僕はいちど海に視線を戻した。波の音はほとんど聞こえない。

体の向きを変えると、背中にあった街並みが、こんどは目の前で街灯や窓のひとつひとつを点《とも》していた。そろそろ帰りはじめなければならない時間だ。あした学校が休みなら、もっともっとここにいられるのに。

「早くアドバイス」コウキは待ちきれないようすだった。だけどほんとうをいえば僕に助言の用意などない。シロヤマ・アサヒ。コウキが好きだというそのひとを僕は知らない、想像もつかない。でもきっとやさしくて笑顔の柔らかなひとなんだろう。どうせそうに決まっている。コウキのことだ。

「自信をもてよ」

僕はいった。道徳の教科書に書いてあるような、ありきたりの言葉だった。十三年も生きているのに、小学生のころと変わらないような言葉しか遣えない。

おれさあ、取り柄がほしいんだよね。そういったときのコウキを思い出した。ひとに好かれたがっているくせに、自分が誰かに好かれる理由などあるわけがないとコウキは考えていた。だから、取り柄を欲した。

「もう充分だろ、コウキ」

信憑性がだいじだと思って、僕はコウキの肩を強く摑んだ。土曜日の朝練は、僕が一緒にやるようになる前からコウキひとりで継続していた。オオハタ先輩が豹変《ひょうへん》して、レギュラーでないひとたちの憂さ晴らしに使われるようになってからも僕たちが部活を辞めないのは、ぜんぶコウキのおかげだった。

「がんばってるやつに、取り柄がないわけがないだろ」

肩を摑む手にこれでもかと体重を載せて、いった。

コウキはなにも答えなかった。そんなんじゃアドバイスになってない、ともいわなかった。取り柄についてもう少し深く考えてみる必要があるのかもしれない。そうやってちゃんと考えて、一周回っていまのところに戻ってきてみたい。僕はもういちど同じことをいう予感がする。それほど確信めいたなにかがあった。がんばっているひとに、取り柄がないわけがない。

でも、おとなになって、もっと大きなことを広く考えられるようになって、そうしたら、その「なにか」の正体や、オオハタ先輩と僕たちがどうやったらもとどおりになるのかを、きれいさっぱり解決できるようになるんだろうか?

「ありがとう」

コウキがいった。

僕たちは腰を上げ、駅に向かう。

駅までの道や、電車のなかで、コウキはシロヤマ・アサヒについて話してくれた。

前期は委員会が同じだったこと、夏休みを挟んで後期になって、接点がなくなってしまったこと。以前は委員会の仕事があるときならかろうじて会話できていたのに、いまはまったくだということ。この調子では、話しかけるきっかけさえ摑めないまま今年が終わってしまうのが目に見えていること。

委員会のときの彼女は、とても気さくに、はきはきと話してくれたこと。それがほんとうに楽しかったこと。柔道部の話をしたら驚いて「でも似合うね」といってくれたこと。彼女は吹奏楽部に入っていること。上下関係がすごく厳しいと嘆いていたこと。

彼女ともういちど話したいということ。だけど、バスケ部の二年生の先輩と付き合っているというわさがあること。

ダイスケは好きなひといないの。

いない、と僕は答えた。

「できたら教えろよ、ちゃんと」

「なんでだよ」

「おれだけ知られてるのって不公平だろ」

僕はまだ、自分が誰かのことを「好きなひと」といって憚《はばか》らなくなる日の来ることが、どうしてもうまく想像できなかった。

またあした、と、僕たちはきょうも約束をして別れた。


次の日はコーチのいない木曜日だった。顧問も来ていない。

練習の指揮を副部長のヨコギ先輩に任せ、キタザワ先輩は僕たちを壁ぎわに正座させた。そうして、僕らの前であぐらをかいて粛々と、叫ぶでもどなるでもない説教を始めた。

きのう、部活の時間なにしてた。すみません。まだ謝れとはいっていない。どこでなにしてたか訊いてるんだ。すみません。もういちど訊くぞ。きのう、部活の時間、なにしてた。黙ってるだけなら猿でもできる。答えろ。時間がもったいない。答えろ。……ふたりで、遊んでました。

キタザワ先輩はまだ怒らなかった。いや、目の奥に怒りを燃やしてはいた。どなったりはしなかった、ということだ。なぜ連絡しなかった？　キタザワ先輩は訊いた。絶対に休むなとはいわない、誰にだって体調不良その他やむをえない事情はある。しかし連絡は必ず入れろといってあるはずだ。なぜ連絡しなかった？　……すみません。謝らなくていいから教えてくれ。連絡しないといけないのはわかっていたんだろう。

「おまえらは人一倍努力しないといけないんじゃないのか？」

僕たちは首を縦に振るしかなかった。わかってるなら、なんでサボるんだ。おれには理解できない。——キタザワ先輩が心の底からそういっているのがわかるから、泣きたくなった。

そんなことをいったってあなたは少しも助けてくれないじゃないですか。見て見ぬふりをするじゃないですか。オオハタ先輩たちが僕たちをサンドバッグかなにかみたいに扱うのを黙って見ているだけじゃないですか。僕たちだけをどうして叱るんですか。僕たちが悪いっていうことですか。弱いほうが悪いんですか。強いほうは弱いほうになにしたっていいんですか。僕たちがきのうどうして連絡しなかったかなんてあなたにいえるわけないじゃないですか。

結局あなたはなにもしてくれないじゃないですか。

いいたいことを、僕はぜんぶ呑み込んだ。コウキもぜんぶ呑み込んだ。「もう二度とするな」と釘を刺され、重苦しい気分で着替えはじめた。一瞬、後悔が頭をよぎる。しかし慌てて否定した。僕たちにとって、きのうは絶対に必要な時間だった。着替えているあいだもずっと、僕とコウキは言葉を発しなかった。きっとふたりともぐるぐる考えているにちがいなかった。きのうは楽しかったな、せっかく楽しかったのになあ。

柔道着に袖を通す。柔道着は重い。きょうはとくに。

部長の怒りを買ってしまった僕たちに、もはや人権はない。「サボってんじゃねえよ」という言葉と一緒に、僕たちを乱暴に痛めつける柔道が何人もの部員によってくりかえされた。傍目《はため》には先輩が後輩を鍛えてあげているように見えるだろう。だけど、初心者対経験者という歴然とした実力差があっては、おとなと子ども同然だ。振り回されたり、抑え込みで顔を潰されたりするだけで、強くなれるとは思わなかった。

コーチがいるときは、いちおうまともな練習をさせてもらえた。部員たちもさすがにコーチの前で滅多なことはできないのだ。それが唯一の救いだった。だけど、ちょっと死角に入った隙に危険な投げかたをされることもある。つねに気を張っていなければならない。

クドウ先輩だけが僕たちに同情的だった。毎日、「大丈夫か?」と心配してくれた。その気持ちはありがたかった。心配してくれるだけだ、あとはなにもしてくれない——そんなふうに恨んではいけない。そこまで堕《お》ちたら、人間として負けだということはわかっていた。

いちどコーチに相談しようとふたりで話した。でも、ほかの部員がいないところでコーチと一対二、あるいは一対一になれる機会などない。だから先に顧問に話を通すことにした。

昼休みを使って僕たちは職員室に行った。部員からひどい扱いを受けている、柔道はつづけたいけれど、これではあんまりだ、と顧問に伝えると、冷めた目で「部員どうしのトラブルは、まず部員どうしで解決するよう努力しなさい」といわれた。「勉強になるぞ」

幻滅というべきか失望というべきか、僕たちはそのたぐいの感情を味わい、職員室から出た。

コウキは悔しまぎれに「いいよ、あのひとには、最初から期待してなかったから」といった。そうだな、と僕もいった。

「チクるのはやめよう」

階段を並んで上りながら、コウキがいった。

「ああ」僕にも同じ考えが浮かんでいた。

「おとなはだめだ、当てにならない。コーチだって絶対、そんな場面見たことないぞとかいって終わりだよ」

当てになるのは、自分たちだけだ。

僕たちはそう思った。

結局、これがいちばんの近道だ。

「強くなろうぜ」

コウキが深くうなずき、「強くなって、あいつら全員見返してやる」と意気込んだ。階段を踏みつける上履きの音が、ひときわ大きくなる。

十月、三年生が引退した。

キタザワ先輩のあとを継いでヒグチ先輩が部長になった。同時に一年生の学年長としてナガサキが任命され、このまま順当にいけば、次の代の部長はナガサキだ。三年生による部室の独占は二年生が引き継いだ。ただ、二年生は三年生より三人も多くて、クドウ先輩は「こっちのほうが居心地よくてさ」といって部室に入ろうとしなかった。

来月の半ばには、さっそく新人戦が控えている。三年生が抜けたぶん、レギュラーの席は三つ空く。その空席をめぐる部内戦の結果、一、二年生のみの新体制になって初めての団体戦メンバーが決まった。

先鋒ワタナベ。次鋒オオハタ先輩。中堅ハラ先輩。副将ナガサキ。大将ヒグチ先輩。

オオハタ先輩はレギュラーに返り咲いたのだ。実力からして当然だった。だけど僕は喜べなかった。入部してまもないころなら、オオハタ先輩におめでとうございますといいに行ったりしていたかもしれない。でももうむりだった。

あんのじょう、残念ながら——新体制になっても、レギュラーが変わっても、僕とコウキの状況は少しもよくならなかった。それどころか、はっきりいって悪化した。

三年生がいなくなり、二年生の天下になって、オオハタ先輩もレギュラーに戻った。

僕たちを痛めつけることは、いままでレギュラーでないひとたちの憂さ晴らしに過ぎなかったのに、レギュラーを含めた二年生のほとんどによる〈かわいがり〉に変わっていったのだ。

「強くしてやるよ」

それが免罪符だった。

先輩が後輩を強くしようと思ったら、厳しくしごくしかない。そういうことだ。ただでさえ僕たちは初心者で、ほかの部員と比べると信じられないくらいの遅れがあって、いつか試合に出て一勝でも挙げたいならば、並大抵の努力では足りるはずないから、〈かわいがり〉にはうってつけなのだ。

僕とコウキを鍛え上げる名目で、ぼろぞうきんのように扱うこと。

「これを乗り越えたときには、ほんとうに強くなれるんじゃないか」

コウキがいったのか、僕がいったのか。いまとなってはあやふやだ。たぶん、コウキだとは思うけれど。

とにかく、僕たちはそういうふうに考えてしまった。おとなに頼らず、強くなって見返してやろうと心に決めていたから。なにが正しくて、なにがまちがいだとか、そういったことはもはや意味をもたなかった。やるしかないのだ。

来月中旬の新人戦で行われるのはもちろん、団体戦のみではない。個人戦がある。僕とコウキは、その個人戦に六十キログラム以下級で出場する予定になっていた。

初めての大会だ。緊張するし気合いも入る。僕たちは、柔道に限らず大会に出るということがそもそも初めての体験だった。

いままでは何度か応援兼マネージャーのような立ち位置で柔道の大会に参加していた。試合順を調べたり、選手たちにあれを持ってきてくれと頼まれたり、コーチの荷物持ちをしたり、試合をビデオカメラで撮影したり。参加というより付き添いだ。いずれにしろきわめて外野だった。

それで、十一月半ば——入部八か月めにしてようやく内野だ。

大会の会場となっている県立武道館に到着したとき、いままで味わったことのない感覚が僕の全身の皮膚をなでていった。朝、入り口前で開場を待つ、横浜市じゅうの柔道部員たち。女子もいる。男子はだいたい坊主頭で体が大きく、強そうだった。勝ち目なんてどこにも見えない。女子にも何人か、柔道をするためだけに生まれてきたような体型をしたひとがいた。

見たことのある顔ばかりだ。いままで何度も会場で目の当たりにしてきたはずなのに、今回は比べものにならないほど恐ろしく見える。

コウキと話しあって決めた目標は、一回戦突破。まずはいちどでいい、勝ってみたい。ふだん先輩たちや、時には一年生からも振り回されて投げ飛ばされつづけている僕たちには、どんなにショボくてもいいいから勝利の味が必要だった。体がそういっていた。

「初めは誰だって、緊張してあたりまえだよ」クドウ先輩にアドバイスをもらった。「だけど、そんなことは相手には関係ない。緊張で実力の十分の一も発揮できなくて、ふがいない試合をしてしまうひとはたくさんいる。おれとかね」先輩は笑う。「緊張するなとはいわない、でも、勝たなきゃいけないって思いすぎないほうがいい」

そうして僕たち初心者コンビのデビュー戦が始まった。

六十キロ級が行われる試合場の、最初の試合が僕だった。トーナメント表の左上、勝てば第一シードの選手と当たる位置だ。コウキは左下、勝てば第三シードの選手と当たる。同じ階級のワタナベは、右下、第二シードだった。

僕は初っ端中の初っ端、大会全体の初戦だ。

コウキとクドウ先輩が見ている。クドウ先輩は同じ階級ではないけれど、一回戦が始まるまでまだ時間があるという。ほかには同じ一年生で同じ階級のひとがふたり。彼らはべつに、僕の試合なんてじっと見ようとは思っていないだろう。

相手は、似たような背格好の、白帯の、聞くところによると一年生。でも、侮《あなど》れない。僕のように、今年から柔道を始めたというような情報は入ってきていない。

三つある試合場のすべてで、揃って礼をする。真ん中の試合場の審判が代表して号令をかけるのだ。手順をまちがえないように、僕は周りを見ながら動く。

礼をしたら、開始線の前へ、左足、右足の順で一歩踏み出る。

僕は勝ちたい。

勝つことを知りたい。

「始めっ」

審判の号令。

よし来い、と気合いを入れる。相手は両手を高くかまえる。空気が小刻みに震えている。膝がふわふわとして、足裏の畳の感触が冷たい。広い会場の、三つの試合場のひとつ。正面にはお偉方が椅子を並べて座っていて、学校の武道場とちがって観客席もあって。

先に組手をとったのは相手だった。引手は袖口を絞り、釣手は襟を握った拳で鎖骨のあたりを突っ張ってくる。僕はとりあえず持てるところを持って体勢を立てなおそうとする。腕だけでなく、全身を動かして相手の組手を崩さなくてはいけない。しかし思うように動けない。硬い金属で固定されているかのようだ。

緊張もあるかもしれない。

けれど、それよりも、相手の腕力があまりに強いことに気圧《けお》されていた。腕も脚も、下向きの重力に押さえつけられているみたいだった。動けない。動かなくてはいけないのに。勝たなくてはいけないのに。

勝てない。このままだと。

嫌だ。

「止まるな、ダイスケ！」

コウキの声。

わかってるんだ、そんなことは。

僕は気合いを入れなおす——いい組手にはもはやなれまい、それならば、いまかろうじて握っているところは断じて離さない。技だ、相手に先手をとられる前に。まず大内刈り、それから体落とし。

それで、

「一本、それまで――」

僕は負けた。

体落としに入ろうと上半身を起こした一瞬の隙に、相手の背負い投げが僕の懐に潜った。気づいたときにはもう遅く、背中を畳に打ちつけて受身をとったあとだった。一本を告げる審判の声を聞きながら、僕は思った。まるでオオハタ先輩だ、と。うまくいったのなんて初めの礼と受身だけだった。

気持ちが遠くに飛んでしまったまま退場し、コウキやクドウ先輩や、ましてワタナベの顔を見たくなかったから、観客席横の階段を上って武道館の隅の床に体育座りをした。

膝の上に顔をうずめる。じわり涙が滲《にじ》み出た。視界は塞がれ、聴覚だけが生きる。県立武道館に選手の声、応援の声、審判の声、さまざまな声がこだまして混ざりあっている。僕に向けられた声などひとつもないのだと気づく。コーチに結果を報告しに行かなければいけない。でもどうでもいいやと思う。どうせ期待されていない。報告しなくたって気づかれもしないだろう。

「帰りたい」

僕はつぶやく。いちども勝てなかった。初めての試合、勝ちたくて出たのに。しかも惨敗だ。惜敗じゃない。みじめでならない。僕はきょう、なにをしに来たんだろう。

涙が前腕を濡らしている。僕の前腕は、四月のころに比べたら、ずいぶん太くなった。成長したなあと自分でも思う。でも負けた。それじゃあなんの意味もない。僕は眼球をさらに強く腕に押しつける。意味ないのだ。

座ったまま動かない。ほかのひとの結果には興味がない。唯一、コウキの試合結果だけが気になった。コウキの初戦が始まるのはもう少しあとだろう。いまごろはクドウ先輩が、僕のしょうもない試合を踏まえてなにかアドバイスしているかもしれない。

そばをどたどたと、慌ただしくひとが行き来した。路上の石ころ程度の存在になった気分だ。顔を上げる。視界が妙に緑がかって見えた。鼻から大きく息を吐き、立ち上がった。体が重いのは、柔道着のせい。一分にも満たない試合時間のために、わざわざ持ってきたのだった。

コウキ、と僕は考える。

ふたりで揃えた目標は初戦突破。

「あいつも負けたらいいのになあ」

思わずつぶやいていた。

そうして、コウキも負けた。

崩れていく僕たち。

辞めたい。辞めたくてたまらない。辞めたい辞めたい辞めたい。コウキと一緒にこの世の中から逃げ出したい。ばかみたいじゃないか。どうしてまだ辞めていないんだろう。コウキ、なあ、そう思わないか？　なんでおれたち柔道部にいるんだろうな？

「いっそ、学校行くのやめようかな」

僕はいった。歩道橋を渡った先の公園だ。いつかと同じように、木製のベンチに並んで腰掛けている。ちがうとしたら気温か。十二月のことだった。冬休みを二週間後に控え、雪こそ降らないが、使い捨てかいろは必需品になっていた。息を吐くとたちまち蒸気と化して白く散らばる。

「それはだめだろ」

コウキがいった。

「どうして」

ため息をひとつつき、コウキはつづける。

「ああいうやつらのために勉強をおろそかにするのは、ばかだ」

まっすぐ前を見据える目が真剣だった。僕は、まじめだなあとだけいう。

無言がつづく。このところそういうことが増えた。お互いに、ぽつ、ぽつ、としかしゃべらない。会話のキャッチボールは三往復が関の山だ。

しゃべらなくてもだいたいわかるようになったということでもあるし、お互い口がよく動くタイプの人間ではなくなったということでもある。べつに、嫌になったというわけではない。コウキとゆったり話していると、武道場にいるときの数倍は落ち着いた気持ちになる。

黙っているとどうしてもむかしのことを考える。

いつだったか僕はクドウ先輩についてひどいことをいった気がする。レギュラーになるのを諦めているのにどうして柔道をつづけていられるんだろう、と。コウキは確かそれに対してなにもいってくれなかったけど、なにもいわなかったことこそが、いまとなっては予言めいたものを感じさせる。僕たちはこんなにもだめになっているのにどうしてつづけていられるんだろう。そうやって身をもって答えを示そうとしているみたいに。

「そういえば」僕はまったく関係のない話題を出した。「シロヤマさんと進展あった?」

三か月前にコウキから最初の恋愛相談を受けた。あれからたまにその話をするが、結局うまく声をかけることさえできていないらしかった。

「ああ、もうやめたよ」

「え」

「あいつ、もうやっちゃったんだとさ」

「え?」

コウキのほうに向くと、木製のベンチが軋《きし》んだ。

「バスケ部の、二年の先輩と」苦く顔を歪めてコウキが説明した。おえ、と吐く真似《まね》までする。「先輩んちに行ったんだってさ。ふたりっきり。親もいなくて、先輩にやろうっていわれて、オッケーしたんだって」

「それ、本人から聞いたの?」

コウキは首を振る。女子が集まってなにやら騒いでいるのを、盗み聞きしてしまったのだという。「あいつがそういうやつだとは思わなかったよ」

雑誌や画面の向こうにしかないフィクションだったはずのものが、とつぜんリアルに、生理的な嫌悪感をもって僕たちの世の中に現れる。抗いたいような気分があった。吐く真似をしたコウキの気持ちは、わかる。ぎし、とベンチがまた音を立てる。シロヤマ・アサヒはすでに決定的などこかへ行ってしまった。

「つまり、それって――」いいかけてやめる。バスケ部の先輩のものが、シロヤマ・アサヒのなかに、先輩の家でふたりきり、――気持ち悪い。

おええ、と僕も吐く真似をした。

自分の腹の下もむずがゆく膨らもうとしているのが、ずっと気持ち悪くて、嫌だった。

「最悪だよ、人生」

ぼそりとコウキが吐き出した。

湿った空気が僕たちのあいだに漂う。この話題はもう、いい。

僕たちはまたしばらく黙った。空気だけが動く、なにもない時間が流れていった。酸素や窒素や二酸化炭素といった空気が、どんなことを考えて漂っているのか不思議な気がした。なにも考えていないとしたら、そんなむだなことがほかにあるか。

僕は頭を切り替えて、部活のことを考えはじめる。

よせばいいのに。

たちまちにして脳のそこらじゅうが赤黒く染まっていくのがわかる。脳のひだのひとつひとつがうねっている。僕たちはサンドバッグなんだ、と自分にいい聞かせた。誰にも勝てない僕たちは、誰にも勝てないのだから負けつづけているしかないのだ。風がどうっと頰を叩いて通る。

ああいうやつらのために勉強をおろそかにするのは、ばかだ。

さっき、コウキはそういった。

「コウキは、強いなあ」思わず、ため息と一緒に、声に出た。脈絡などない。

「なにが」とコウキ。

強いよ、と僕はいう。「おれにはとても真似できない」

「だからなにが」

上から水が降ってきた。ひと粒、ふた粒、崩れたリズムで、耳と首すじに当たる。雨。帰らないと、と思う。傘は持ってきていない。

僕は弱い。ああいうやつら、なんていいかたを、僕はまだできない。オオハタ先輩が頭をよぎる。コウキがもはや一ミリも信じていないだろうあの先輩のことを、僕はまだ、ただ一ミリだけ信じてしまっている。クドウ先輩に諭されて、僕たちに謝りに来てくれるんじゃないかと、心のどこかで思ってしまう。ぜんぶ諦めてしまえたら、どんなにか楽だろう。

雨の量がしだいに増えてくる。

立ち上がれない。いますぐ立ち上がりたいのに。

僕は真正面を向く。

コウキがいなかったら、とっくに学校に行くのをやめていただろうと思う。だけど、コウキは強くて、部員のことを「ああいうやつら」と呼べて、「ああいうやつら」より柔道がうまくなって見返してやる気でいられて、そんなふうに、僕にはできないことをできてしまう。

ふたりでひとりの初心者コンビ。

ふたりでひとりがこんなにしんどいなんて、誰も教えてくれなかった。

雨の音が強い。傘なしで帰ったら、家に着くころには制服がひどく重たくなっているだろう。体は冷えて、一目散に風呂に入らなければ風邪を引くかもしれない。雨の降り注ぐ道すじがはっきりと見える。風に煽《あお》られて斜めに雨粒が落ちていく。体の表面もそれを感じている。

それでも、立ち上がれなかった。

嘘だ。

結局僕は立ち上がりたくなかったのだ。

気づくと、コウキは強いなあ、とくりかえしていた。

コウキは強いなあ。コウキは強いなあ。コウキは、強くていいなあ。

「おれは、もう、だめだ……」

雨を顔じゅうに浴びて僕は、さようならと思った。壊れていた。崩れていた。死にたかった。死ねと思った。自分と、コウキと、世の中――オオハタもクドウもナガサキもワタナベもキタザワもヒグチもヨヨギもシロヤマもなにもかも。雨粒と涙が混ざって濁り、耳の奥で、そうかもしれない、と誰かがいう。僕はそれを聞いている。

「いうなよ」

コウキの声。

「そんなこというなよ」

雨が止む。

いや、傘だ。

コウ゛キが、僕の頭上に傘を差した。

折り畳み傘。

やっぱりまじめだ。

ありがとうと僕はいう。鼻水で、くぐもった声になった。伝わるかどうか、わからない声だ。


年が明けてしばらく経った二月。

いいだしたのはヒグチ先輩だった。〈かわいがり〉の主導権は、そのころにはオオハタ先輩からヒグチ先輩に移っていた。ヒグチ先輩が部長であることに柔道部はすでになじみ、キタザワ先輩の影などどこにもなかったし、それでいて新しい風はまるで吹いていなかった。

　時間がいくら経過してもひとは変わらない。そんなことを知った。集団というもののせいだ。同じ集団で過ごしている限り、ひとはどうあっても変わらない。自分の立ち居振る舞いは集団のなかで定まり、ひとはそれに頼って生きていく。自分を自分で決めることはできない。属する集団を変える以外、ひとが変わる手立てはない。

「おまえとおまえ、どっちが強いんだ」

ヒグチ先輩はふと思いついて、僕とコウキを順に指差した。

その日、武道場には部員のほかは誰もいなかった。顧問やコーチもいない。コーチが来ない火曜と木曜はそういうことが多かった。顧問は本来なら必ずいなければならない決まりになってはいるのだろうが、忙しくて終了間際にしか来ない。

コーチのいない日は最初にヒグチ先輩が部員を集合させ、練習メニューを発表する。たいてい似たような内容だが、ときどき変なことを思いつく日があった。

それでこの日、僕とコウキは、なんの前触れもなく真剣勝負の試合をすることになったのだ。

ふたりのあいだを無言の緊張が走る。

顔を見合わせたり、そうでなくても目だけ動かしてお互いを確認したり、そういうことはできなかった。隣どうしに立っていたけれど、ほかの部員のにやついた目線に四方から刺され、にわかに動きづらくなって、顔を正面――ヒグチ先輩の両眼に固定されたまま、お互いの呼吸や、つばを飲み込む音に聴覚を尖らせていた。

こういうのって、ライバルっていうのか？　と、いつかの土曜の朝練で僕はいった。

ほかの部員と同じ練習に参加できるようになって、僕たちの自主練習の質もおのずと上がっていった。単に習った技術を復習する段階から、すでに身につけた技術を改良する段階へ。ふたりで切磋《せっさ》琢磨《たくま》していった。そんな僕たちがライバルかどうかは――。

「どうかな」とコウキは首をひねった。「いわなくはないかも」

「でも、しっくりはこないよな」

どのみちまだまだレベルが低いよ、とコウキが答えると、僕はなぜかさびしくなった。同時に懐かしいような気分もあった。ライバル。おまえたちはライバルだ、と、そんなことをむかしいわれたかもしれない。

もっとレベルが高くなったら、僕たちはしっくりくるライバルとして認めあうだろうか。

ヒグチ先輩は審判をクドウ先輩に任せた。性格が悪いと本気で思う。ほかの部員は試合場の周りを囲んで座る。タイムキーパーはなし。ヒグチ先輩は「おれの気が済むか、どっちかが一本取るまで死ぬ気でやれよ」と口角をひん曲げる。

試合をすることがあれよあれよと決まってしまってから、僕とコウキはひとこともしゃべらなかった。僕が話しかけてもコウキが答えてくれなかった。「嫌だよな、こんなの誰が得するんだっての」いつものように気軽に、ほかの部員には聞こえないようにいったのに、コウキはなにかひとつのことを必死に考えている顔で、浅い呼吸をくりかえしていた。怖い目だった。

ナガサキとワタナベが連れ立って近づいてきて、「どっちでもいいから早く決めろよ。おれらはまじめに練習したいんだから」といった。

「おい、位置につけ」ヒグチ先輩が武道場の正面であぐらをかき、ふんぞり返る。その隣ではオオハタ先輩が同じ姿勢をとっている。

僕たちは左右に分かれ、試合場のふちとでもいうべきところに、気をつけの姿勢で立った。緊張、このあいだの新人戦の、何倍も緊張しているのがわかる。肩によけいな力ががちがちに入っているのに、指先は痺れて無気力だ。膝はすんでのところで笑わないようにしているし、脛《すね》がなんだかかゆいような、くすぐったいような、とにかく確かな感じがしない。

向こう岸のコウキもおんなじだろうか。さっきまでの顔つきからすれば、そうにちがいない。

そうだよな。ライバルだもんな。

おれたちは初心者コンビといわれて、いままで一緒にがんばってきたもんな。ほかの部員にどんなにつらくされても、結局辞めなかったもんな。

その場で互いに一礼し、試合場のなかほどにある開始線まで進む。どちらかが一本を取るか、ヒグチ先輩が飽きるかするまでの、本気の勝負。

もういちど気をつけをして、タイミングを合わせて礼をする。

審判を務めるクドウ先輩がとても弱々しい声で「始め」と、

「あー、そうだ」

ヒグチ先輩が口を挟んだ。

僕は上げていた腕を下ろす。コウキが目の前で小さく、「は」といった。

出鼻をくじかれたわけだけれど、正直なところ、僕は少しほっとしていた。試合をしなくて済むのかもしれない、と思ったからだ。ライバル——勝ったり負けたりしながら、お互いを高めあう存在。どっちが強いか決まってしまったら、もうライバルとは呼べなくなってしまう。

だけどちがった。ヒグチ先輩はべつに、僕たちのことなんてどうでもいいのだ。自分が楽しいのが、いちばんだいじなのだ。

頭の後ろに両手を回し、ヒグチ先輩が、

「負けたほうは一発ギャグなあ」

と、粘ついた声を出した。

真っ先に笑ったのはオオハタ先輩だった。やけに高い声を上げて、腹を抱える。それから、ほかの部員たちの笑い声も、次々に増幅してつづく。この空気だ。練習中、僕たちをサンドバッグにしてストレスを発散するときも、こんな空気がぱんぱんに膨らんでいるのだ。笑い声がしないだけで、ちっとも変わらない。それだって耳の奥、そのまた奥の、心の鼓膜には聞こえている。頭が割れるほどうるさい。

そのなかでぽつりと、コウキがつぶやいた。

「……嫌です」

「はあ?」ヒグチ先輩の低い声。

コウキは握った拳を震わせていた。下を向いて、唇を噛む。

そしてもういちど、

「そんなの、嫌です」

とつづけた。

こんなふうになるために、柔道始めたんじゃないです――これはもう、誰にも聞こえないほど小さなささやきだった。

僕だけに聞こえて、僕だけに刺さった。

「僕も、嫌です」

僕はいった。僕の声や拳も震えた。

怖かった。ヒグチ先輩やオオハタ先輩が、いまにも怒って、いつもの何倍も激しく僕たちを痛めつけるんじゃないか。僕たちはまぶたも満足に開けられないほどになって、口のなかが切れて血だらけで、全身の関節が軋んで筋肉がちぎれて、いままでのようには生きていけなくなるんじゃないか。そんな未来が目に浮かんだ。取り囲むように陣取った部員たちの輪のまんなか。僕たちはたったふたりぼっちで、ここから助け出してくれるようなヒーローの当てもない。

「なんかいったか」ヒグチ先輩がどなる。

ここで、死ぬんだ。

たとえ命を失うことはなくても、きっと、僕たちは僕たちを失うんだ。

「どうでもいいから早くしろよ。おもしろいとこ見せてくれや」遠くから、ナガサキの野次が飛んでくる。

「嫌です」コウキがいう。

「こういうの、もうやめてください」僕がいう。

大きな舌打ちをし、オオハタ先輩が立ち上がった。

こちらに歩いてきて、よける間もなく僕の襟を握り上げる。

心臓が縮こまった。呼吸も止まる。

もういちど息を吸いたいと思うのに、そのやりかたを一瞬にして忘れてしまう。

オオハタ先輩の表情はひどく憎らしげで、ひどく悲しげだった。僕には、わけがわからなかった。先輩、あんたは、僕のなにが憎くて、いまなにが悲しいんですか。

「おまえがやめろや」

先輩は襟を押し込んでくる。一歩、二歩、三歩、四歩と、僕は後ろに下がる。

「初心者のくせにえらそうな口利きやがって。柔道をなめんじゃねえ」

なめてないです、と震える声で反論する。

「おれをなめんじゃねえっていってんだよ」

そうどなって、オオハタ先輩は僕の襟を突き飛ばした。僕はバランスを崩して尻もちをつき、オオハタ先輩を見上げる。上からのぞいてくる先輩の目は、赤く充血していた。

「嫌なら勝てよ。しらけたことというんじゃねえ」

そう吐き捨てるとコウキのほうに振り向き、「おまえもだよ」とため息まじりにいう。そのため息の意味も、残念ながら、僕にはわからなかった。

やめてあげようよ。

クドウ先輩がいった。

心細げな、頼りない声だったが、それでも僕にとっては奇跡みたいだった。

「ふつうに練習しようよ」

「クドウ」ヒグチ先輩が呼ぶ。

クドウ先輩がそちらを向くのを確認して、

「しゃべるなよ、負け犬は」

静かに、なによりも冷たく、いい放った。

そのたったひとことはとてつもない重さをもって、クドウ先輩の世の中を砕いた。先輩の顔が暗く色を変えるのが、後ろからでもわかった。肩が落ちる。苦しさが、悔しさが、絶望が、空気を伝わって僕にも届く。

ああ、もう、どうしようもないんだ。

「はい早くしろー。貴重な練習時間使っておまえらの試合見てやるっていってんだから。これ以上迷惑かけるなよ」

ヒグチ先輩がいい、オオハタ先輩が隣に戻る。

僕はなにもかもを諦めてしまった。しゃべるなよ、負け犬は。それはクドウ先輩越しに、僕たちにも向けられた言葉だった。しゃべるなよ、初心者は。黙っておれたちのおもちゃになれよ。

立ち上がり、開始線に足を揃える。

気をつけ。

僕とコウキは、このあと最悪の事態が訪れることを、すでに理解していた。ここでおしまいだと確信した。いま、礼をして、クドウ先輩の「始め」のコールがふたたびかかったら、「おしまい」が始まる。そうわかっていた。わかっていながら、ほかに方法がなくて、僕たちはタイミングを合わせて礼をした。

左、右、の順で足を一歩ずつ前に出す。

ひと呼吸置いて、

「始め」

クドウ先輩が宣言する。

最悪の事態の予感を忘れたくて、少しでも遠ざけたくて、僕たちは真剣に戦った。一進一退の攻防、実力は伯仲《はくちゅう》、お互い負けたくなくて、でも、お互い勝っても嫌だった。ライバル。そんな生ぬるい言葉で僕たちを捉えていたのはまちがいだった。ライバルなんかじゃない。そんなの、平和すぎる。

じゃあ、僕たちは、なんだ。

戦いは十分以上に及んだ。お互いがお互いのことをよくわかっているせいで、そして、おそらくレベルが高くないのもあって、決め手に欠けた。いい加減にしろよ、まだかよ、そういった言葉の数々が試合の合間合間に投じられた。お互い疲れきっていた。呼吸はむずかしく、脚はもたつき、腕は乳酸で膨らんでいた。体のきつさと心のきつさはどちらが先だったろう。ふたつの見分けがつかなくなって混沌がにじむ。

気力の勝負。勝ちたくも負けたくもない勝負。

そうだ……勝ちたくも負けたくもない真剣勝負なんだ。

瞬間、コウキと目が合った。激しい動きのあいだを縫った、確かな瞬間。ただ見ているのではない、僕はコウキを、コウキは僕を、憎しみとも慈しみともつかない眼差《まなざ》しで射るように見る。

ふっ、と力が抜ける。僕は自分の意識がどこか遠くに飛んでいくのを感じる。

なぜだか懐かしい気分が、またたくまに指先まで浸透する。

両手の小指、薬指、中指——この三本がコウキの道着をがっちり捕らえている。もはや全身どこにも力が入らないのに。引手は高く上がって体を入れるスペースをつくり、釣手は前腕を相手の胴に押し当てるようにしながら手前に引いてくる。左足を右足の後ろにもってきて、膝をしなやかに曲げながら、体をコンパクトに百八十度回転し、最後に右足をコウキの右足の前に踏み出す。このとき僕の膝は充分に曲がり、それでいて上半身はまっすぐに立っている。

体落とし。

コウキが低く舞い、畳へ、背中から落ちた。

「わ……技有」

クドウ先輩がポイントを告げる。

「いまのは一本だろ」とオオハタ先輩がいった。ヒグチ先輩も「一本だ」という。

いつのまにか閉じていたまぶたを開き、自分がコウキの上に乗っかっているのに気づく。コウキは感情を殺した顔つきで、焦点の合わない両眼をただただ天井に向けている。

状況を理解して、恐ろしくなった。

僕はコウキに勝ってしまった。

コウキの一発ギャグに笑ったのはクドウ先輩だけだった。部員全員が笑うまでという約束で、コウキは一発ギャグを延々とやらされつづけた。武道場のどまんなかで、だ。同い年の一年生でさえ笑ってくれなかった。誰もが真顔で口を真一文字に結び、冷えた目でコウキを睨んでいた。

「ははは、なんだそれっ、おもしれえなあコウキ……ほんと、やめてくれよ、おもしろすぎるから……まじで……」

クドウ先輩がむりに笑って、目を赤くしている。はははっ、はははっ。たったひとつの不自然な笑い声が、畳の上に散らばっていく。

僕はコウキを囲む輪の外にいた。もう見ていられなかった。目をつぶる。耳を塞ぐ。やめてくれ。いくら目をつぶっても、どれだけ耳を塞いでも、コウキの姿と声は生々しく脳裏に現れた。コウキは恥ずかしさに顔面を染め上げ、必死にギャグを絞り出して、笑ってくれ、頼むから解放してくれと、へんてこな動きをくりかえす。なにかの拍子に泣きだしてもおかしくない。僕も泣きたい。だけど、泣いたらいよいよ終わりだとも知っている。こんなの、絶対におかしい。

「あーあ、つまんねえ」

誰かがいった。

そうして、コウキは一発ギャグから解放される代わりに、柔道着の帯をほどかれ、上着を剝がされ、ズボンを脱がされ、「だっせえこいつブリーフじゃん」、パンツも脱がされ、丸裸にされ、「おい、誰かケータイ持ってこい」、タキノの高性能なカメラで何枚も写真を撮られた。数分前とはうって変わって、全体に汚い笑い声が充満した。

僕はうずくまっている。やめろ、やめてくれ、コウキが、コウキが、終わってしまう。

「ネットに載っけようぜ」

「それはやばいって」

「いいっていいって、へーきだって」

「やっちゃえ」

僕はうずくまっている。

目を強くつぶり、耳を痛いほど塞ぎ、終われ、終われ、早く終われ、と口を動かして、体はその場から一切動かせない。

僕がコウキに勝ったから、コウキがいま――。

ライバル。

そんなのやっぱり、幻想だった。

夢であってくれ、悪い夢であってくれ。


コウキが死んだら、やっぱり、僕のせいですか。


ごめん。

たった四文字の短いメールが、それから二日後の真夜中、僕に届く。コウキはマンションの四階から飛び降りる。死にたくて飛び降りる。ごめん。遺書はなく、残す言葉といえば、僕宛てのそれだけだ。なにが「ごめん。」なのか、理解できそうになる端から濁っていく。

5

見舞いには父の運転する車で行った。ひとりで病室に入った。見舞いの品は週刊マンガ雑誌だった。コウキはベッドの上に、ドラマでよく見るような患者の格好で寝そべっていた。目はかすかに開かれていて、コウキは僕を認めると、いきなり泣きだした。まだ僕とベッドとの距離はそうとうある。ほかの入院患者もいる。だけど、溢れる涙を止めることはできないみたいだった。

「帰ってくれよ」

嗚咽を交えてコウキはいった。

その声は消え入るようで、すでにかちこちに固まってしまった声帯が、一縷《いちる》の望みを懸けて自らを破りながら絞り出しているみたいだった。

聞きまちがえたのかもしれない、と僕は半ばむりやり思い、震えだした足を一歩、動かす。と、

「来ないでくれよ！」

コウキは泣きじゃくって叫んだ。声帯は限界を通り越し、粉々になって散らばる。

もう、聞きまちがいと思い込むことはできなかった。

ほかのひとのベッドから舌打ちが聞こえる。

僕はその場に立ち竦《すく》み、四肢がほどけていくような感覚に襲われた。四肢に通っているすべての神経がまるで機能しない感覚だ。自分が頭と胴体だけになって宙に浮いている。ちょっとした衝撃で奈落の底に落ちていける。

コウキ？　そういおうとしても声が出なくて、口だけが動く。

立ち竦みつづける僕。

正面の窓の外で常緑樹がささやかに揺れている。その向こうに別の病棟が見える。その古びた白さは冷たく口を閉ざしている。

どうしたらいいんだろう。

見舞いに来た僕は、これからどうしたらいいんだろう。

手に持った袋が、週刊マンガ雑誌でずっしりと重い。

真夜中に届いた「ごめん。」の意味を尋ねたい。それから「こちらこそごめん」と伝えたい。きのう鏡に向かって「いままでありがとう」と「これからもよろしく」の練習をした。何度もくりかえして。適切な笑顔を浮かべられるように、頬の筋肉を指でほぐした。胴体や週刊マンガ雑誌と並び、本番を迎えられなかった練習が宙づりのまま行き場をなくす。

コウキと僕とのあいだに横たわる距離が、実際の何倍も遠く思える。

僕と、コウキと、同じ病室のほかの患者さんたち、それらが一堂に会しているのがひどくちぐはぐしている。

はやく
と聞こえる。
はやくでてってくれ
めいわくだから
そう聞こえている。鼓膜をくりかえし同じ言葉が震わせている。
仰向けで、目線だけこちらに向けているコウキ。涙で光るその両眼は、憎しみを湛《たた》えているのかもしれない。
もう会えないのだ、きっと。
僕たちは二度と会えないのだ。

柔道部は一か月の活動停止になったよ
顧問が変わってコーチも解雇になった
たった一か月だってよ
冗談みたいだよな……

教えてあげたかったことも、声にならずに空中を漂うだけだ。やがて言葉は分解し、意味を失って砂のように消えていく。すべての言葉がそういう運命にあるような気がする。たとえ声に出せたとしても。言葉は発せられた瞬間からそのかたちを失い、浸食に遭い、風化の一途を辿っていく。あるいはこの病室の隅で、埃と一緒に降り積もり、いずれ掃除されるかもしれない。

　　おれも
　　　　　　　学校行くの
　　　　やめたんだ……
　　　　　　　あのひとたちがいるかもしれないって思ったら
　　　もう
　　　　　体
　　　　　　　動かなくてさ……
　ばかみたいだよな……

なあ、コウキ。――これは声になっているだろうか？　僕にはまるでわからなかった。耳も働きをやめたのだろう。
　コウキ、なあ、
　無事でよかった。
　僕は静かに踵《きびす》を返す。この大切な友達に、僕が伝えてよいことはただのひとつとして残されていない。入口のドアを開き、また閉める。誰もいない廊下と病室がそのドアひとつでまったくのべつものになる。廊下にはひんやりとした無感情の空気が正しい配置で並んでいる。僕はそこにひとり取り残され、空しい気持ちになる。

なんのために生きているのか。

僕のせいでコウキは自ら命を絶とうとした。マンションの四階で、コウキの背中を、僕が突き飛ばしたようなものだ。

ひとを傷つけ、ひとを殺し、ひとりで生き永らえてどうするのか。

なあコウキ、と思い、そう思う資格さえないのだと気づく。

病棟の出口へ歩きはじめると、明るい蛍光灯の下、ぺたぺたぺたぺたという情けない足音がついてくる。

6

数か月経って友達が転校を選んでも、僕は不登校を続けている。

――こうして最後のオンコチシンが終わった。

外は暗い。真っ暗で、あの日、あのメールが来たときも、このくらいだった。

涙は止まっていた。うっすらと闇に浮かぶ姿見のなかの僕は笑っていた。意味もなく笑っていた。ははは、と乾いた声を立てる。さっきからずっと、こんなふうにしていた気がする。

僕は壁を支えにして立ち上がり、自分の勉強机を探る。机の蛍光灯を点《つ》けた。いちどだけ点滅する。この机を勉強に使ったのは、もうずいぶん前のことのような気がする。宿題に苦戦して、電話をかけてコウキに頼った。懐かしいとは、口が裂けてもいえない。

「髪……」

はさみを取り出した。姿見のところまで戻って、伸びほうだいの髪の毛をざっくり、切る。机から届く弱った光のなかでは、正しく切れているかなんてわからない。この五か月のあいだに伸びきった髪の毛を、とにかく切り落とす。

はらりと落ちた髪の毛の感触を、足の甲が受け止める。気持ちが悪い。でも、気分はいい。はさみが髪を切るときの、ざく、ざく、という心地も、言葉にできないほどよかった。

切りすぎには気をつけた。あまりに短くすると坊主頭みたいになる。それだけは嫌だ。

よく見えないから不安だったけれど、この辺かなというところで散髪を終え、僕はもういちど姿見の前に腰を下ろした。背中を壁に預け、まぶたを閉じる。眠りは案外すぐに訪れた。夢は見なかった。

7

それから数日が経った。髪の毛はあんのじょうアンバランスな仕上がりだったけれど、伸びるのを待つよりほかにしかたがなかった。

遅めの朝ごはんを食べていると、父がリビングに放置していった新聞の、小さな記事に目が留まった。

「ひそかな人気――新宿御苑『空色ポスト』」という見出しと、緑の木々のなかにぽつり、晴れた空と同じ色をしている郵便ポストの写真が載っていた。「手紙・はがき」と「その他郵便物」のふたつの入口がある箱形のものではなく、円筒形の、古めかしいやつだ。

文化欄の記事だった。

本文を読んでみる。以前父がいっていたとおり、確かにひと文字ひと文字が平たく見える。

空色ポストは、新宿御苑の奥のほうにあるという。新宿御苑というのは、新宿駅から歩いて十分ほどの国民公園だそうだ。

そのポストはどうも、ふつうの郵便は扱わないらしい。運ぶのは写真だけだ。しかも、送りたい相手に送れるわけじゃない。誰のもとに届くかは、ランダムに決められる。

「どういう……」

首をひねりながら読み進めていくと、次のようなことがわかった。

送るときには、写真の裏に、ハンドルネームと十二字以内のキャプションを書く決まりになっている。また、封筒に入れるのは、写真のほかに住所と本名を記した別紙、それから切手。封筒自体には切手を貼らないことに注意する。この別紙は、封筒が別のひとのもとへ届けられたときにはすでに抜かれていて、封筒も空色ポスト仕様の真っ白いものに変わっている。だから、受け取ったひとには、送り主が誰なのか、ハンドルネーム以外にはわからない。

誰かが空色ポストに写真を投函する。すると数日か数週間かののちに、同じように写真を投函した別の誰かから、例の白い封筒が届く。そういうシステムになっているらしい。誰から届くのか、自分の写真が誰に届けられるのか、それは空色ポストの管理者が勝手に決めることで、利用者にとっては完全にランダムなのだという。

ずいぶん変わった、意味があるとは思えないやりかただ。だけどそのぶん魅力的でもあった。実際に、利用者の数はだんだん増えてきているそうだ。このポストが設置されたのが去年の三月で、きょうが七月の半ば。一年と少しで、とくに宣伝もしないで、二百人近い利用者がいる。

撮った写真が自分のもとを離れ、ほとんど匿名で、知らない誰かのところへ届く。大勢のひとびとに見られるわけでも、評価を受けるわけでもない。ただただ届く。それから、ただただ届けられる。

記事のなかで空色ポストの考案者はこういっている。

本当は娘のためなんです。周りとうまくなじめないせいで閉じこもりがちな娘は、写真を撮るのが大好きで、誰かに届けたがっていました。世界中の人々ではなく、たった一人の誰かにです。そういう人は他にもいるんじゃないかと思って空色ポストを始めました。

「そういう人」のなかに僕自身を含めて考えるのは傲慢《ごうまん》な気がしたが、空色ポストの記事はそれから数日のあいだ頭の隅にささやかに残っていた。なにをするにつけても――とくにやるべきことがあるわけではないのだけど――どこかで写真のことをうっすらと考えている。どうしてだろう？　僕はべつに、いままで写真なんか気にしたことないのに。

なんにしても、僕は父の部屋から、埃をかぶったデジタル一眼レフカメラをこっそり持ち出してしまった。おそるおそる電源を入れ、おそるおそるファインダーをのぞき、おそるおそる人差し指でシャッターを押し込んだ。カシャリという音を聞きながら無意識に息が止まっていた。似た感覚を知っている、と思ったが、それがなにかは思い出せなかった。

被写体に選んだのは、髪の長い彼から別れ際にもらった、あの金色の手裏剣だ。写真立てにもたれかかるような格好で、折り紙製の手裏剣は直立している。小窓から差し込んでやわらいだ太陽光が反射し、水のように揺れていた。箪笥の上、写真立ては後ろ姿で、手裏剣はフレームのまんなかに。宙を舞う埃のひと粒ひと粒さえ光に照らされている。

いい写真だと思った。

カメラはずっしりと重い。モニターでいま撮った写真を確認していると、腕が疲れてくる。この五か月間ろくに運動してこなかったツケだ。

それから何度か撮影してみても、最初のよりいいと思える写真は撮れなかった。僕は諦めてしまうと、モニターにさっきの写真をもういちど表示し、長い時間眺めつづけた。

構図がいい。手裏剣に強い意志を感じる。写真立てのおかげで、背景全体が淡い木の色に統一されている。ピントが手裏剣にばっちり合って、背景がぼけているから、いっそういい。かすかに音も聞こえてきそうだった。先端が柔らかな布でくるまれたバチで木琴を叩いたような、しゃぼん玉みたいな音だ。

「父さん」

夜、父が仕事から帰ってきた玄関で、僕はカメラを差し出した。

「これ、現像、できる?」

背広を脱ぎながら、父はカメラを受け取った。静かに、「ああ、できる」と答える。「ダイスケが撮ったのか?」

「ごめん、勝手に使っちゃって」

父はうなずき、そうか、といった。そしてつづけた。

「いい写真じゃないか」

僕はうれしくて、それがとても悔しくて、でもやっぱり、うれしかった。

ダイスケ。向上心をもて。

それで、

「でしょ」

と笑った。

僕は長い長い時間をかけ、もう一枚納得のいく写真が撮れたら空色ポストに送ってみようと決めた。僕にとって、それは大きな決断だった。だって、空色ポストに写真を出すには、外に出なくてはいけない。

しかしその「もう一枚」がむずかしかった。家のなかで場所を変え、被写体を変え、角度を変え、時間帯を変え、いろいろやってみた。それでもあの手裏剣の写真ほどいいものは撮れない。父が教えてくれたおかげもあってカメラの仕組みがわかってきたが、設定をいじってみても同じだった。あの写真ほどの躍動感や力強さはない。

ひと月が簡単に過ぎていった。僕のちぐはぐな頭髪もそのころには充分に伸び、ぼさぼさではあるが傾いたような印象はなくなった。

そろそろ答えを出さなくちゃいけない。そう思った。僕は限界を感じていた。気づいていた。家のなかでは、あれ以上にいい写真は撮れないだろうということに。

外に、出なくては。

写真なんてもうやめだ、といって投げ出す選択肢だってあった。そうしなかったのは、自分でも不思議だ。心が引っ張られた。正式に父から譲り受けたカメラを手に持つと、いい写真を撮りたくてしかたなくなる。そのためには、外に出るよりほかはない。とても論理的にそれがわかった。僕の気持ちなんてそっちのけだ。外に出るのが怖いと心が何度もいっているのに、頭は、早く外に出ていい写真を撮ってみろ、と譲らない。

手裏剣の写真は、父がコンビニで印刷してくれて、裸のまま机の上に置いてある。

心と頭とのせめぎあいがさらに一か月つづいた。九月も半ばになっていた。秋めいた感じはしなかったけれど、冷房が要らなくなって、コップの水にむやみに氷を詰め込まなくてもよくなった。外出にはもってこいだ。わかったよと僕はひとりごちた。出ればいいんだろ。やるだけやってみるよ。

午後の早い時間、僕は母に「髪切ってくる」といった。母はまず驚いて、それからやさしく笑った。千円札を三枚渡してくる。僕はそのうち一枚をもらっておいた。「千円カットだから」

「がんばってね」

髪を切ってもらうだけだから、と、僕は玄関に向かう。母は僕を送り出そうと玄関までついてくる気でいたが、断った。子どもじゃないのだ。

着る服ひとつとっても迷ったものだ。これほどの期間、外に出ないでいると、外に出ていたころの自分の姿を忘れてしまう。

玄関には、カメラの入ったかばんが置いてある。

ひさしぶりに靴を履いた。ひさしぶりにかばんを担いだ。

ひさしぶりに、玄関のドアノブに手をかけた。

震えている。指が、腕が、脚が、体が、心臓が。

「そうか」僕は気づく。人差し指でシャッターを押すときのあの感覚は、ドミノと同じだ。丸一日かけて完成させたドミノの、先頭の一枚を倒すときと同じだ。

僕は息を止める。目をつぶって、いちど息を吐き出し、また吸い込んで、止める。オンコチシンしてきたものたちがまとまって頭をよぎっていく。さよなら、と僕は思う。目を開く。右手の力を振り絞り、震える体に活を入れ、ドアノブを回し、押し込んでいく。ゆっくり。ゆっくり。ゆっくり。

空色ポストをめぐって

公園の花をひとつ、ミキさんはちぎった。茎をつまんだまま一周させる。それから僕のほうに視線を移してはにかんだ。「ちぎっちゃった」その笑顔は僕を複雑な気持ちにする。

「いつもなんだよね」訊いてもいないのにミキさんはしゃべりだす。いい被写体を探してきょろきょろする僕には見向きもせず、誰が聞いていても、あるいは誰も聞いていなくてもかまわないといった調子だ。「写真に収める前に、摘みとりたくなっちゃう」

小さい子が紙飛行機を高く掲げたまま走るみたいに、ミキさんはつまんだ花を振り回した。花びらが紅色の軌跡をなびかせ、暗い色のスカートが空気に乗って膨らむ。無邪気なひとだ。とてもじゃないが年上とは思えない。長く下ろした黒髪がかろうじておとなっぽいけれど、目が大きくて頬がふっくらとしているから、ショートカットだったらもっと幼く見えてしまうだろう。

しかたないから僕はきょろきょろするのをやめ、「どうして?」と尋ねてあげた。

「えー、どうしてもなにもないよ」

ミキさんの口調はさばさばしている。が、裏側にはなにかしっかりとした土台があるのを感じさせた。ミキさんと話していると、ときどき自分が不安定に思えてくる。

「ねえ、ダイスケ少年」

黙っている僕のほうを向いて胸を張り、ミキさんは笑った。

「少年は、自分のことぜんぶ、すっきり説明できると思ってる感じ？」

僕は首を振った。

ふうんとミキさんは、笑顔を崩さずに「ほんとかなあ」といった。「じゃあ少年、こういうことは、どうしてって訊くのなしね」

どうして、とまた口走りそうになって、慌てて口を塞いだ。ミキさんがおかしそうに笑う。僕はこのひとが全然わからない。

僕とミキさんは、この公園で別々に歩き回って写真を撮っていった。広々とした、丘をまるごと整備した公園。明るい芝生が中央の広場を埋め、両脇には、みごとに赤く染まったもみじが立ち並んでいた。かすかにせせらぎの聞こえる小川があり、丘のてっぺんには休憩のできる東屋がある。「新宿御苑には負けるけど、いいとこだよ」とミキさんはいっていた。

いいのが撮れるとミキさんに見せに行った。それで批評してもらう。「構図はいいね」ミキさんはまず、いいところから教えてくれる。そのあと「でも、もうちょっと絞ったほうがいいな。光が入りすぎていろいろ飛んじゃってるね」と、具体的な助言を添えていまひとつのところを指摘してくれる。

アドバイスをもらいに行くたびに、ミキさんの周りには新しく摘みとったものが増えていた。あるときには大きな黄色の花びらを一枚一枚ぴったりと重ねて、その次はもみじを何枚もずらしつつ円形に並べていた。その次はどんぐりを横一列に、背の順に整列させていた。

「それでなにするの？」

「写真に撮る」ミキさんは真顔で答えた。「ほかにある？」

小一時間ほど写真撮影をつづけていると、ミキさんが僕を呼んだ。

「ダイスケ少年、休憩にしよか」

ちょうど昼時だ。てっぺんの東屋で、ミキさんがつくってきてくれたお弁当を広げる。木目調の弁当箱。もっと派手な色が好きなのかと思っていた。

「いま、意外って思ったでしょ」ミキさんはにやりと口を曲げる。「渋いのが好きなんだよ」

お弁当にはたまごやレタスやきゅうりを挟んだサンドイッチがひと口大に等分されて二種類入っていた。ミキさんは誰も責めていないのに「簡単なものしかつくってないよ」と、いいわけみたいにいった。そんなに自信なさげにするのがおかしくて笑うとムッとした。

厚めのパンを食い破るとまず、抜群の相性を誇るハムのぬるさとマヨネーズの甘い酸味とが口のなかを豊かに満たす。間髪を容れず、スライスされたトマトの刺激がアクセントを与え、最後に瑞々《みずみず》しいレタスがまとめ上げる。

「おいしい」

僕はうれしくなって、いった。

「よかった」

「ありがとう」

ミキさんが僕にお弁当をつくってくれたのは初めてだ。数回こうして一緒に写真を撮ったけれど、いつも午後だったのだ。それに、いつもはもうひとり、ミキさんの彼氏さんがいる。

彼氏さんはきょうどうしたのか訊いた。ほんとうは名前も知っているのだけれど、なんとなくそう呼んでいる。大学生だそうだ。

ミキさんは高校二年生。ちょうど僕の三つ上にあたる。「ハジメ？　きょうはねえ、バイト」と彼女は口をもぐつかせながら答えた。「たまにはこういう日もあるよ」

——僕たちは、新宿御苑で知り合った。

金色の手裏剣の写真を超えるいい写真が撮れたら空色ポストに投函しに行こう。そう決めて、被写体を探すため、ほんとうにひさしぶりに外出した。そう遠くには行かなかった。家から最寄り駅までの、寄り道しなければ十五分ほどで歩けてしまう道のりを、きょろきょろ見回しながら歩いた。それだけでも発見が山ほどあった。

家の近くにある街路樹の円《まる》い木の葉に、淡い黄色の翅《はね》をしたチョウが黙ってとまっている——木の葉と木の葉のわずかな隙間から、日差しが顔を出して光っている——そんな瞬間を捉えた写真に、僕は合格点を出した。それが九月下旬のことだ。十二字以内のキャプションは、ちょっと格好つけて、「チョウ、ひかる一瞬」にした。ハンドルネームは迷った末に「ダイ」と決めた。

父は新宿御苑まで僕を車で送ってくれようとしたが、断った。代わりに電車で行く道すじを教えてもらった。父は「まあ、東京は電車のほうが便利だからな」と負け惜しみをいった。

新宿御苑は混んでいなかったが、あの、写真しか投函できない空色ポストを見つけるのにはひと苦労した。新宿駅から十分ほど歩いた先の門から入って道なりに進み、だだっ広い芝生広場を大胆に横切って、山なりの橋を渡って池を越え、入ってきたのとはべつの門に向かう道を突き当たりで左に下った先に、空色ポストはあった。

カメラを持参して道を歩いていると向こうからやって来る女のひととすれちがった。そのひともカメラを提げていた。平日の昼間、ここは学校じゃないのに制服らしき格好に身を包んでいた。そう、ミキさんはいつも制服だった。

首元にえんじ色のリボンが踊り、左胸にはエンブレムが大きく縫いつけられている。スカートは暗い色のチェック柄。

すれちがうとき、ミキさんが僕をちらりと見た。僕も同じように見た。

空色ポストは新聞で見たのと同じかたちをしていた。歩道の脇に立ち並ぶ木々の、ある一本の前に立てられている。円筒形の古めかしいポストだ。べったり塗られた青のペンキが表面をでこぼこさせているのがわかった。投函口のすぐ下に、白く「空色ポスト」と彫られている。

僕は斜めがけのバッグからまず水を取り出してひと口飲み、それから写真の入った封筒をどきどきしながら投函した。封筒が指先から離れ、ポストに飲み込まれて見えなくなった瞬間に、ため息が出た。

回れ右をして来た道を戻るとミキさんが待っていた。いや、そのときは僕を待っているだなんて露ほども思わなかったけれど、ミキさんは僕に気がつくと愛想よく笑って、「少年も、空色ポスト?」と訊いてきた。いきなりのことでびっくりして、二、三呼吸置いてからうなずくと、ミキさんは「やっぱり」と喜んだ。わたしもなんだ、と歯を見せる。

「ミキっていうの。少年、きみは？」

「……ダイスケ、です」

知らないひとに名乗ることには抵抗があったけれど、黙っているのも失礼な気がして本名を答えた。するとミキさんは首から提げた立派なカメラを顎のあたりまで持ち上げて、「じゃあダイスケ少年、ちょっとこの辺一緒に撮っていかない？」と僕を誘った。

一瞬迷う。でも、制服ってことはおとなじゃないし、悪いひとでもなさそうだ。

僕はカメラの電源を入れた。

それからふたりで広い広い新宿御苑を歩いて回り、写真を何枚も撮った。彼女のあとを追いながら話題を探す。当然すぐには見つからなくて、僕は無言の気まずさから目を逸らすように、彼女の髪の毛が歩調に合わせて揺れるのを見ていた。

髪の毛の一本一本が、よく見ると別々の動きをしている。右に揺れるやつ、左に揺れるやつ。あるいは上や下。光に透かされてうっすらと茶色にも見えるそれぞれが、独立した意思をもって跳ねている。

「どうして制服なんですか？」しばらくしてそう尋ねると「便利だから。服、選ばなくていいし」と答えてくれた。少し投げやりに聞こえた。

お互いが誰なのかという話はほとんどしなかった。だから名前と年齢くらいしかわからない。

平日に学校ではなく新宿御苑にいるわけや、なにが好きでなにが嫌いか、それからなにが大切でなにがどうでもいいか、というふうな、僕とミキさんがお互いをよく理解するのに役立つやりとりは限りなくゼロに近かった。

その代わり、ミキさんは僕がカメラ初心者だということを知ると、写真についてていねいに教えてくれた。どんなのを撮りたいかにもよるが午後のほうが光が強すぎなくていい写真が撮れるだとか、フレームに入れる要素の数はきちんと絞っていくと主役がはっきりするだとか。そのひとつひとつに僕は感心して、ありがとうございますと礼をいった。

「敬語使わなくていいよ」とミキさんは嫌がったけれど、すぐに言葉遣いを改めることはむりだった。むしろ、語尾がうまく定まらなくて、ぎこちないしゃべりかたになってしまう。それでもつまらないやつだと思われるのが嫌で、なんとか慣れようと努力した。

新宿御苑はとにかく広い。一緒にひととおり回るのにも、いちいち写真を撮りながらだったので二時間以上かかった。このときもミキさんは草花を摘んだり落ちていた平凡な石ころを拾って眺めたりした。

「東京ドーム何個分かな」といいだしたのは僕だった。ミキさんがタキノを使って東京ドームの広さと新宿御苑の広さを調べ出し、電卓機能で割り算して「12.4692546252……」と答えた。十倍を超えているなんてと驚き、そのあとで、東京ドームに行ったこともない僕には、新宿御苑そのものの広さのほうが、はるかにわかりやすいのに気づいておかしくなった。「なに笑ってるの」とミキさんは怒ったけれど、僕はそのまま笑いつづけた。

わざわざ割り算したのにはこだわりがあるらしかった。「このくらいは、自分で答え出さなくちゃね」ミキさんは得意げだ。インターネットで検索すれば新宿御苑と東京ドームを比べた値なんて一発で出てきそうだったが、それではだめだという。「じゃなきゃきっと、あんなに後ろの数字まではわかんなかったよ」

閉園まぎわになっても空は青いままだった。その青は来たときに比べれば多少深くなっていたが、夕焼けの写真が撮れるのはまだまだ先だろう。この時期の新宿御苑の閉園時間は、十六時半と早い。

「連絡先、教えて。また撮ろうよ」ミキさんは別れ際になっていった。新宿駅と新宿三丁目駅を繋ぐ地下道。僕はみぞおちの奥がはらはらするほどうれしかったけれど、同時にとても残念だった。タキノを持っていないからだ。

ミキさんは「タキノってなに」と笑いながら尋ねた。僕はミキさんが手に持って画面を光らせているタキノを指差して、「多機能携帯端末」と答えた。「ああ、それでタキノ」ミキさんは納得したあと、こんどは家の電話番号を訊いてきた。

新宿の地下道のひとどおりは苦しいものがある。新宿御苑はゆったりした公園だけれど、この地下道は忙しすぎる。スーツを着たおとなや、おしゃれをしたひとたちが歩きどおしだった。僕とミキさんは道幅のまんなかにある柱に背中を預け、隠れるようにして話していた。

自宅の電話番号を教えると、ミキさんは喜んでくれた。

「大丈夫、変な時間にかけたりしないよ」

それから僕も、ミキさんの番号を書きとった。

僕は新宿三丁目駅から地下鉄に乗るし、ミキさんは新宿駅からＪＲに乗る。ふたりは地下道の反対方向に進んでいかなくてはならなかった。「わたしは少年の三つも上だから」と最後にミキさんは話した。「ふつうに学校に行ってたんじゃ、絶対に会えなかったよね」

どきりとする。

「そうかな」やっとのことでそれだけいった。でも、敬語は外れていた。

ミキさんは柱から背中を離し、歩き出すそぶりを見せた。そうして、いった。澄んだ横顔だった。「少年、学校行ってないんでしょ。それなりにずっと」

奇妙なくすぐったさに、僕は照れ笑いをし、居住まいを正す。このひとはきょう、僕の友達になってくれたんだ——そんな発見が心に立ち上がったからだ。

自分でも不思議なくらい素直に、「うん、それなりに」と返していた。

「それで、空色ポストに興味をもった」ミキさんがつづけ、僕がうなずく。

わあ、とミキさんは目を輝かせる。「ねえ、わたしも」

なんとなく知ってたよ、と僕はいった。

初めての新宿御苑から八日後、二回めに会ったとき、ミキさんに恋人がいるとわかった。ふたりは一緒に来ていた。横を刈り上げた短髪の、ミキさんとは真逆の印象のひとだった。黒縁メガネをかけていて、頭がそうとうキレそうだ。誰、と僕が目で訊いても、制服姿のミキさんはふふと笑うだけできちんと答えてはくれなかった。

その男のひとはミキさんの横顔を見つめてから僕のほうに視線を向け、「はじめまして。ハジメっていいます」と自己紹介した。

その日、僕とふたりはチェーンのカフェで待ち合わせ、ずっとそこにいた。父は仕事、母はパートの、ちょうどいい昼間のタイミングで電話のベルが鳴り、何冊でもいいから好きな本を持ってきてよとミキさんに誘われたのだ。「まあ、ゆっくり読む感じにはならないと思うけどね」受話器の向こうで、ミキさんはくすくす笑う。変なひとだ。肩を小刻みに揺らしているのが、目に浮かぶようだった。僕は電話だとよけいに緊張してしまってだめだ。

「新宿、来られる?」

そう訊かれ、僕は一瞬答えに詰まった。最寄駅から新宿三丁目駅までは、東横線と副都心線の直通運転のおかげで乗り換えずに行けるものの、往復八百円と少しの電車賃は痛い。だから空色ポストへ行くのは月一回にしておこうと決めていた。それなら月に千円のお小遣いでなんとかなる。だけど、それ以外で新宿まで行くのは厳しかった。

「ほかのとこがいい?　そしたら……」

「いや、行く」

僕はいった。

「そう?　よかった。楽しみにしてる」

姿見で、頭のてっぺんからつま先まで細かく確認して家を出た。お金のことは追い追い考えよう。それよりいまは、せっかくできた友達を大事にするべきだ。

はじめまして、と僕は彼氏さんに返す。「ダイスケです。ミキさんとはこの前、新宿御苑で知り合いました」

「聞いてるよ」と彼氏さんはほほえむ。

四人掛けのテーブルの、奥側の席、ソファに僕が座っている。僕の正面にミキさん、その隣に彼氏さんだ。僕はオレンジジュースを、ふたりはコーヒーを頼んだ。奢《おご》ってあげる、とミキさんはいって、「ハジメがね」と笑った。僕たちも笑った。「じゃあ、遠慮なく」

ミキさんが「少年は、なんで空色ポストを知ったの?」と訊く。

「たまたま新聞で読んで」

「へえ、いまどき新聞なんか読むの。偉いね少年」

「父さんが、読んでて」

オレンジジュースに口をつけた。

「お父さんどんなひと?」

「……めんどくさいひと」

「はは。どこもおんなじだね。わたしのパパもめんどくさいよ。いろんなことをむずかしく考えるの」

そういってミキさんもコーヒーを飲んだ。

相変わらず僕たちはお互いのことを全然詮索しなかった。彼氏さんがミキさんの恋人だというのも、会話の調子からなんとなく察しただけだ。お互いのことを話す代わりに、季節のこと、写真を撮るのにうってつけの場所のこと、そして空色ポストのことを話した。彼氏さんは空色ポストを使ったことがないらしく、つまらなそうにしていた。

彼氏さんはときどきバイト先の話をした。こんな困った同僚がいて、絶対に自分の考えかたのほうが正しいのに、どうしても理解してくれないのだといった。先輩に相談すると、まあ、向こうの気持ちもわかってやれよ、といわれたそうだ。『誰もがおまえみたいに合理的に割り切れるわけじゃないんだ』ってね」

正直にいえば、僕は彼氏さんの短髪が苦手だった。あのひとたちを思い出すから。柔道部は全員坊主頭で、彼氏さんの髪型とはちがうけれど、似たようなものだった。思い出したらだめなのだ、まだ。だから僕は、彼氏さんの話を聞くときには、襟元の辺りを見つめて常にストローをくわえていた。これで少しは気が紛れる。

ミキさんが「空色ポストから返事、来た?」と訊いた。

「来たよ。きのうかおとといに」

バッグから封筒を取り出す。横置きの、真っ白い封筒だった。宛名の面には空色ポストと書かれたスタンプが淡い青のインキで捺《お》してある。「早く早く」とミキさんが急《せ》かし、僕は中身を見せる。

「すてき」

ひとこと、ミキさんはいった。夜の町を写した写真だった。でも、夜景というとちがう気がした。深い闇に、家々の灯りがぽつりぽつり浮かんでいる。夜景といって思い浮かぶような、ぎらぎらした感じや壮大な感じはない。とても小さな、素朴な世の中を写しているようだ。

裏には、クヌギというハンドルネームと、ぴったり十二文字のキャプションが、「むかしの夜はきっとこう。」とボールペンで書かれていた。

知らないひとから届く、初めての、心のこもった便り。郵便受けからこれを取り出し、触り心地のいい封筒を開いたとき、なんともいえない満足感を確かに覚えた。写真を見る前から笑みがこぼれてしかたなかった。思い返せば、相手が誰であれ、僕宛てに手紙が来るのなんていつぶりだろう?

「わたし、こういう写真好きだな」ミキさんが笑う。

おれにこういうのは撮れない、といったら、ミキさんは「なにいってんの」と笑いとばした。

「まだ初心者でしょ。これからなんでも撮れるようになるよ」

「ちょっと、見せて」

彼氏さんが手を伸ばしてきた。ためらいがちに写真を手渡すと「ちがう、それじゃなくて、封筒」と受けとらない。意味がわからなくてミキさんを見やったら、渡してあげて、という目をしていた。

ふうん、と彼氏さんは封筒の表面を指でなぞりながらうなずいた。「いい紙じゃん」

「ハジメは紙が好きなの。写真には興味ないくせに」

「これはタントじゃないかな。それかNTラシャだね。スタンダードな紙で」彼氏さんは得意げだった。「おれが写真に興味ないんじゃなくて、ミキが紙に興味ないんだよ」

ミキさんのところにはまだ空色ポストからの写真は届いていないらしかった。代わりに彼女は手のひらサイズの写真集を出し、「わたしの好きな写真家さんの」とページをめくっていった。写真集の大きさに見合う、スケールの小さな写真が、柔らかい色で印刷されている。茜《あかね》色、黄蘗《きはだ》色、蓬《よもぎ》色、そして空色。どこか懐かしいような暖かみがある。

「こういう写真が撮れるようになりたいなあ」ミキさんはつぶやく。新宿御苑で初めて会い、一緒に写真を撮ってまわった日、彼女は被写体にかなり近づいてシャッターを切っていたし、ミニマルな写真、としばしば口にした。でも、近くで撮るだけが「こういう写真」ではないのだろうということは、僕にもなんとなくわかった。

彼氏さんがこの写真集のデザインについて語りはじめた。使われている紙のことに始まり、文字の書体のこと（父みたいだ）、余白のこと、僕の知らないことばかりだった。ミキさんはときどき質問を挟みながら耳を傾けていた。

「写真自体はよくわかんないけどさ。こうやって本になってると、べつの角度からわかるようになるね」と彼はいった。

「ねえ、少年はどんな本持ってきた？」

僕はいちばん好きな、くじらの本を取り出す。三人の主人公が、陸地から海へと旅立った大昔のくじらのように、生き延びられる居場所を探して逃避行をつづける物語。

「へえ、このひとの小説好きなんだ？」とミキさんがページをぱらぱらめくりながらうれしそうにいった。「よく教科書とかに載ってる作家さんだよね」

「教科書、もう長いこと見てないけど」

「この本の、どんなところが好き?」

むずかしい質問だった。しばらく悩んだ。そのあいだミキさんはコーヒーを飲みながら待っていてくれた。

「わからない」

だが、結局答えは出なかった。

ミキさんはそんな僕の「わからない」を、「すてき」と表現してくれた。

「少年は知らないかもしれないけどね、〈好き〉っていうのは、〈わからない〉ものなんだよ」

胸を張ったミキさんの言葉が、まっすぐ耳に飛び込んでくる。ほかの客のざわめきは、誰かがテレビのリモコンの消音ボタンを押したのかと疑ってしまうくらいに、聞こえなくなった。ミキさんのふたつの目を見据える。顔が熱い気がする。

「簡単に言葉にできる〈好き〉なんて、嘘っぱちだ」

家に帰ったあと、母と交渉して、お小遣いを増額してもらえることになった。「いろんなところに写真を撮りに出掛けたいんだ」と伝えた。いままで皿洗いとゴミ捨てくらいしかやっていなかった家事を積極的に手伝うのを条件に、母は承諾してくれた。なんでもやるよ、と僕はいった。電車賃を気にせずミキさんに会えるのなら、横浜じゅうの犬の世話を一手に引き受けたってよかった。

話は戻る。

お弁当を食べ終わっても、僕とミキさんはしばらく東屋で休んでいた。北側の椅子にミキさんが、西側の椅子に僕が腰かけていた。ふたりのあいだには微妙な距離がぽつんとあった。

ミキさんに訊きたいことがある。でも、口に出そうとすると、途端にのどがつっかえた。だから僕は黙っているしかなかった。もしかしたらミキさんからは不機嫌に見えているかもしれなくて、嫌だった。

「学校行かなくなってさ」ミキさんが沈黙を破った。「クラスの子たちから、手紙とか寄せ書きとか、千羽鶴とか、届いたり、した？」

一瞬考え、首を横に振る。ゆったりと。さびしいことだった。だけど次の瞬間にはわからなくなった。そういうものが仮に届いたとしたら、僕はどう思っただろう。ニッタ先生のことは記憶の隅に染みついている。学校に来られるようになったら教えてくださいね。

「ねえ」とミキさんはささやいた。「よかったね」

「え？」

「クラスの子たちから、手紙来ないで、よかったね」

どうして、と僕は口走った。

だけどミキさんは、「それは訊かない約束でしょ」とほほえむだけだった。そうして立ち上がり、「よし、あとちょっと、撮るぞー」と伸びをした。制服のジャケットの下から、スカートとシャツの境目がのぞく。

　僕たちは写真を撮りつづけた。こっそりと、カメラをかまえるミキさんの後ろ姿や横顔も僕は撮った。ミキさんがそれに気づき、「人物撮るの、むずかしいでしょう」と笑う。怒らなかった。

　ミキさん、あなたは、どういうつもりで僕と会うの。

　ファインダーを通してミキさんのなめらかな肌を目の当たりにし、息を止め、人差し指でボタンを押すたびにそう訊きたかった。ぱしゃり。この音がするたびに名前を呼びたくなった。口をミキさんのミのかたちにして、でも、止めていた息を吐くだけで終わった。

　カメラをのぞいているときと、自分の目で直接見ているときとでは、ミキさんとの距離は大きくちがった。カメラ越しのほうが近かったりその逆であったりした。距離感がくるくる変わる、ミキさんはそういうひとだった。

　別れる段になって、僕はようやく名前を呼んだ。ミキさんは「なに?」と、制服についた草のかけらを払い落としながらいった。きょうちぎったなかでいちばんのお気に入りらしい、黄色の小さな花が上着のポケットから顔を出している。

　僕はいった。

「ミキさんの写真、いいの撮れたから、現像して渡すよ。……次、いつかな」

　すてき、とミキさんはいった。「また電話するね」

　しばらく間を置いて、僕は「わかった」とうなずく。

「うん」

ありがとうと僕はいったが、ミキさんはどういたしましてとはいわなかった。代わりに「またね」といって、もう二度と、電話をかけてはこなかった。かつて新宿御苑では撮り損ねた夕焼けが、いま雲を染め、空を埋めていった。

2

母が僕を呼ぶ。平日で唯一パートが休みの水曜日。風呂掃除を終えて駆けつけると、母はテレビを垂れ流しにしたまま、リビングのテーブルでパソコンを操作していた。

「ダイスケ、最近元気ないねえ」

画面に顔を近づけたり遠ざけたりして小さい文字にピントを合わせながら、母はいった。僕はとりあえず隣の椅子に座り、「そんなことないけど」と否定しておく。意識は完全にパソコンに向いているように見える。

母はしばらく黙り込んでいたが、僕が、なに、といいかけたところで、口を開いた。パソコンをこちらに向けて、

「家庭教師、頼んでみない？」

と真剣な目をする。

「なにそれ」

パソコンの画面には東京の有名私立大学のホームページが表示されていた。家庭教師紹介について、という見出しがある。「来年は受験生でしょ、ね」母は申し訳なさそうにいった。

どうして申し訳なさそうになんかするんだろう――。

「勉強しないといってこと?」

うなずく母。「ほら、高校に行ったら、もう中学のひとたちはいないわけだし」

偏差値の高い学校ほど、みんな勉強に一生懸命で、いじめもないのだという。だから、これからまた中学に通えとはいわないから、難関といわれる有名私大の学生に勉強を教えてもらって、少しでもいい高校に行ってほしい。

僕は画面から視線を外して席を立ち、いつも使っているコップに麦茶を注いだ。その場でひと口飲み、椅子に座りなおす。つけっぱなしのテレビでは、昼のワイドショーが世の中のことをうるさく議論している。

僕の動くとおりに瞳を動かす母に「それは、ほとんど強制?」と訊いた。角が立たないように笑って。母はまた申し訳なさそうにうなずいた。ごめんね、という声が聞こえてきそうでもあった。ごめんね、ダイスケのためを思っていっているの。

麦茶をさらに三口飲んで、「ちょっと考えてもいい?」といった。

「でも……」

「大丈夫、勉強は、しないといけないってわかってるから」

それで母は納得したようだった。コップを持って自室に戻ろうとする僕に、「家庭教師だったら、学校みたいにほかの子もいないし」とだけいって、あとは黙った。

二階に上がり、自室の簞笥の上から金色の手裏剣を取って、勉強机の上に散らばるたくさんの写真のなかに置いた。

カメラの使いかたや構図のとりかたがずいぶんわかってきた。自分で試行錯誤したのと、ミキさんに教えてもらったのと。僕もミキさんと同じように、どうやら小さな写真を撮りたがっているらしい。雄大な景色のあるところに行っても、現像するに至ったお気に入りの写真は誰も目に留めないような、ごくごく小さい世の中を切り取ったものばかりだった。

ミキさんを撮った写真は厳選して二枚だけ現像した。髪が風になびくのを嫌がって押さえ、目をぎゅっとつぶっている顔。なにかいい写真が撮れたらしくて、カメラのモニターを確認して笑っている横顔。これらを手渡すつもりだった。

彼女から電話はない。二週間以上が経ち、十二月になってしまった。電話がかかってくるとしたら昼時だから、僕は毎日のように、朝ごはんか昼ごはんかわからない食事をとりながら耳をそばだてていた。

いま、こちらから電話をかけたくなったけれど、親のいる前でミキさんに電話をかけることはできなかった。親にミキさんのことはいっていない。僕が写真を撮りに外出するときは、いつもひとりだと思われているはずだ。

机の上の写真をかき集める。自分だけの力で撮ったのはあれとあれ。ミキさんに教えてもらいながら撮ったのはこれとこれとあれとあれ。ミキさんに教えてもらったことを思い出して撮ったのはこれとそれとそれとあれ。そしてミキさんを撮ったこれとこれ。

写真を撮るときには、ミキさんの教えが否が応にも頭に浮かぶ。ミキさんは、なんでもないものを楽しげに写すのも上手だった。花壇を守る柵を主役にして撮ったこともあった。切り取りかたが絶妙で、柵の縦のラインが弾んだリズムを生んだ。「いちばんだいじなのは、きっと、想像力だよ」とミキさんはいった。「懐の深い想像力が、ひらめきをつくるって、わたしは思ってる」

写真を撮りに玄関を出るとき、決まって胸の浅瀬が痛んだ。ファインダーをのぞくとき、摘みとられた花を必ず思い出した。彼女が電話をくれないのは、僕のせいなんだろうか。きっとそうなんだろうな。僕のことだ。

ミキさんに会いたい。一緒にまた写真を撮りたい。

けれど、唐突に鳴りはじめたべつの声が、僕の気持ちを抑えつけつつある。世の中の声だ。将来のことを真剣に考えろ、とそれはいう。家庭教師を頼んでみないか、とそれはいう。甘えた生活がこのままつづくと思っているならめでたいやつだ――。

未来なんて重たいだけだ。希望でもなんでもない。過去や現在でさえうまくやれない人間に、い、いい、いい高校なんて目指せるものか。少しでもいい高校なんて目指せるものか。

写真の束は隅に追いやって机に突っ伏した。寝よう。このまま。まだ早いが、むずかしいことは考えないに限る。またあした憶えていたら考えてみてもいい。

——家庭教師だったら、学校みたいにほかの子もいないし。

母さん。おれが学校に行かないのは、ほかのひとに会いたくないからじゃないよ。

行ったって、あいつがどこにも、いないからだよ。

伸ばした右手が、折り紙の手裏剣に触れる。

「やるよ」翌日の朝、珍しく早起きをして僕はいった。「やってみるよ、家庭教師」

わかりやすく顔を明るくし、母が「ほんと？」と喜んだ。隣でトーストを食む父も、そうかそうかとくりかえしうなずく。

「でも頭のいい高校は目指さないから。べつに」

釘を刺すと母は表情を曇らせたが、父はめずらしく理解を示してくれた。「いいんだ、勉強することがまずは大切だから」

「じゃあ、どんな高校に行くの？」

僕は「ごちそうさま」と手を合わせたあと、できるだけそっけなく、「写真部のあるところ」と答えた。それでも恥ずかしくなって咳払いをした。ふたりは、まあとかわあとかおおとかいって、僕を笑った。「いいじゃない」とか、「やりたいこと、見つかったんだな」とか、勝手に盛り上がった。

ふたりを放っておいて、二階に引き揚げる。

昼まで息を潜めることにした。

ベランダに洗濯ものを干したり、理由なく机に向かったり、朝から敷きっぱなしだったふとんを片づけたりしながら、階下に耳を澄ましている。まもなく玄関の扉の音が二度聞こえる。最初のは父が仕事に出かける音で、あとのは母がパートに出かける音だ。下りていって「いってらっしゃい」のひとつやふたついえばよかったかなと思う。

家庭教師か、ちょっと怖いな、そんなことを考えながら、早起きのせいで手持ちぶさたの午前中をやり過ごす。カメラを起動して、いままでに撮った写真を見返した。現像していないもののほうが圧倒的に多く、メモリの残量が心配になってくる。あと何枚入るんだろう?

昼時になり、リビングで昼食を済ませる。洗いものを片づけ、ひと息つく。

リビングの小窓のところに固定電話がある。小窓のすりガラスには白いレースのカーテンがかかっているのみなので、日中はいつもほんのり明るい。

固定電話の受話器を持ち上げた。

暗記している番号を、正しく、順番に押していく。それは勇気の要る作業で、二つ三つの数字を押したところで毎回指が止まり、入れちがいにため息がこぼれてしまう。いちど受話器をもとに戻してから、ふたたび持ち上げる。トライ・アンド・エラー。

ミキさんがかつて僕に電話をかけてくれていたときには、きっとこんなふうにためらったり、緊張したりしなかったのだろう。

七度めの挑戦でやっと、残すは最後のひと桁というところまで進んだ。

受話器を持つ手に力がこもる。息を吸い込む。足を踏ん張って呼吸を止め、最後の数字のボタンを、人差し指で慎重に、慎重に、押し込んでいく。

点と点が繋がる音がして、耳の奥に呼び出しのベルが響きはじめた。

ベルのリズムに合わせて僕は待つ。

ピリリリリ。僕は待つ。ピリリリリ。僕は待つ。ピリリリリ。

液晶画面に秒数が一秒ずつ刻まれていく。僕は視線をそこから動かせずにいる。

僕は待つ。ピリリリリ。僕は待つ。

心臓が嫌な予感を知らせてくる。

プツッと、線がちぎれる音。

そういえばミキさんは、花をちぎるのが癖だった。

〈ただいま電話に出ることができません。ピーッという発信音の〉

僕は受話器を置いた。

「なんだよ」と、ため息と一緒に漏らす。すりガラス越しの光が、力の抜けた手の甲をあいまいに照らした。またねっていったくせに。「おれのせいかよ」

数歩あとずさりして、重心が後方に崩れるのに任せてソファに体を預けた。時間を置いてかけなおしてみようという気はしなかった。

私立大学に家庭教師の申し込みをしてから一週間が経ったころ、大学生の男が家まで面接にやってきた。白いTシャツの上にベージュのジャケットを羽織り、黒の、ぴっちりとしたズボンを穿《は》いていた。髪型は坊主には見えなかった。長いわけではないが短すぎず、清潔感がある。

面接といってもほとんど形式だけで、母は初めから、難関有名私大の、しかも法学部の学生だということだけで彼を採用する気でいた。リビングのテーブルで、僕と母は温かい紅茶——僕は苦手だけど——を三人分用意して彼と向かいあった。彼は大学の三年生で、ホンダ・ヨシハルと名乗った。僕は母がすてきなお名前ねえなどといわないかひやひやした。

一回二時間で週三回来てほしいこと、受験に使う教科をすべて——つまり国語・数学・英語・理科・社会を教えてもらう必要があること、学校にも塾にも行っていないこと、それから、母が確実に立ち会えるのが水曜日だけだから、授業料はその月最後の水曜日に支払うこと。それらを母はたどたどしくも、とりこぼしのないように説明していった。彼はひとつひとつうなずきながら聞いていた。

説明を終えたホンダ・ヨシハルは、週三回というのは珍しい、だいたいの案件が週一か、多くて二だといった。それによって僕や僕の家庭になんらかの評価をしようという感じではなく、単に分析をしている口調だった。家庭教師という仕事に予想以上に慣れているようだ。

「僕はその条件で大丈夫です」とホンダ・ヨシハルはいった。口調ははきはきとしていて好感がもてた。紅茶にはまだ口をつけていなかった。「どうしても得意不得意ありますが、五教科ぜんぶ教えられると思います」

最初から採用するつもりだった母は「どう？　ダイスケ」と訊いてから、僕がうなずくとすぐに採用を決めた。ありがとうございます、とホンダ・ヨシハルはそれでやっと紅茶を飲んだ。大学に送らなければならない書類の説明を彼がやはり手際よくやって、面接は終わった。

「いい先生見つかってよかったねえ、ダイスケ」あとで母は彼のことを褒めた。

その翌週の水曜日、家庭教師は始まった。週三回の割り振りはシンプルに月・水・金ということになっていたが、やはり最初は母がいたほうがなにかといいだろうという判断だ。母の立ち会えない月曜と金曜は僕がお茶とおやつを用意した。

ホンダ先生の教えかたはびっくりするほど上手だった。初日の二時間は僕の現在のレベルを把握するのに費やされたが、次の金曜日からは、僕が理解できていないところを基本までさかのぼって教えてくれた。学校の授業とはやりかたが全然ちがう。

「とりあえず、受験を乗り切るためだけの勉強にするよ」と最初にホンダ先生は断った。受験を乗り切る以外に勉強する理由なんてなかったから、僕はお願いしますと答えた。

教科書は使わず、学校から支給されていた宿題用の問題集と、ホンダ先生が中学生のころに使って残していた参考書、それからホンダ先生が手書きで用意してくれた、要点を簡潔にまとめたノートを利用する。先生は「時機を見て、受験に特化した教材を追加することになると思う」といっていた。

「勉強は苦手だっていってたけど、全然そんなことないね」

ある日、十分間の休憩中にホンダ先生はいった。

僕は「いやそんな……」と照れながら、おやつのクッキーをつまむ。

「正直、最初は受験に間に合うかどうか不安だったけど、これなら大丈夫そうだ」

「ほんとですか」

「きみのいいところは、宿題をいわれたとおりにやってくるところだよ。いままで何人か見てきたけど、だいたいみんな、全然やってくれないんだ」

ホンダ先生は笑うと頬に左右一本ずつのしわが入った。それが猫のひげのように見えておもしろい。物腰が柔らかいために、「ここ、わかりません」と申し出ることを恐れないで済んだ。そうやって素直にしていると、ホンダ先生も僕のことを教えやすいといってくれた。

年が明け、一月が終わるころには、中学二年生までの範囲は六割がた終わっていた。去年の二月から学校に行っていない僕にとっては、驚異的なスピードだ。そのぶん頭は疲れるけれど、それは写真を撮りに出かけることで発散した。

ミキさんに会えなくなってからの二か月間で、三度空色ポストに投函した。早朝の葉っぱに載った朝露の写真と、踏切を通過する電車の写真と、上野のアメ屋横丁の人だかりをそのまま写した写真だ。どれも自信作だった。

顔も名前も知らない誰かからの写真はすべて僕の投函から一週間以内に届いた。三通とも、淡い青のスタンプの捺された白い封筒に入っていた。以前届いたものとまとめて机の抽斗《ひきだし》にしまってある。

とくに一枚がすばらしかった。雪景色だ。いままで空色ポストから受け取った四枚のうち唯一の縦置きで、辺り一面を覆う純白の雪を背景に、右下四分の一のスペースを黒いヨーロッパ風のフェンスとガス灯型の渋い街灯が占める。まるで街灯に人格があるみたいに見える。すてきな写真を撮るひとが必ずしもすてきなひとだとは限らない。でも、この写真を撮ったひとに会ってみたいと思った。このひとが世の中をどんなふうに見ているか知りたかった。

年齢はいくつだろう。友達になれるだろうか。どんな人生を歩んできたのだろう。空色ポストに投函しはじめたのはいつごろで、きっかけはなんだったのだろう。そんなふうに送り主に思いを馳《は》せていると、もうそのひとに会ったような心地がして、満足する。

「写真撮るんだ?」

ある日ホンダ先生は机の上に出しっぱなしにしていた一枚に気づいていった。はいと僕はうなずき、空色ポストの話をした。

「知ってますか?」

「いや、知らなかったな。この時代におもしろいね」

僕は写真を片づけようとしたが、ホンダ先生に「よかったら見せてくれない」といわれたので手渡した。つい最近撮った、まるで家族のように見える三羽の雀の写真だ。こんど空色ポストに投函しようと思っている。

写真を隅から隅まで、まるで本を読んでいるみたいに眺め、それから裏返して「子、ふたりの親」という僕の書いた文字とダイという署名を認めると、ホンダ先生は小さく笑った。僕はちょっと恥ずかしくなった。もっとまともなタイトルがあったかもしれない。

「いい写真だね」ホンダ先生はそういってくれた。「センスあるよ」

僕はそれですっかり照れてしまい、謙遜《けんそん》するのも忘れて、つっかえながらありがとうございますといった。

「先生も写真、撮りますか？」

「撮るよ。たまにね」ほほえみを崩さずにホンダ先生はいった。意外だった。「あんまりうまくないけどね。疲れちゃったときとか、ちょっと遠出して、撮りに行ったりする」

「それ、よくわかります」

ホンダ先生はほほえむ。

「むかしの友達が写真を好きだった。それで自分も始めてみたんだ」

――むかしの友達。

「いつか一緒に撮りに行きましょうよ」

それは僕にとっての、コウキみたいな存在だろうか？

先生は、「機会があったらね」と苦笑いするだけだった。

次の授業で、ホンダ先生は自分が読み込んだ写真入門書をくれた。そこに載っていた、背景をぼかすと光がまん丸になるレンズがどうしてもほしくなったが、どうも十万円近くするらしいので諦めるしかなかった。

3

僕は海がよくわからない。砂浜があり、波が打ち寄せ、潮《うしお》が澄み、温かくて気怠《けだる》いにおいの風が吹く、絵に描いたような海を体験したことがない。「そんな場所、どこにもないよ」と、いつかコウキがいった。「沖縄にも?」僕は訊いた。いつものように歩道橋の上から車の往来をふたりで見下ろしていた。コウキは「きっとね」といった。行ったことはないけれど、わかる、という。「どうして?」

その日の車たちは音をなるべく立てないように気をつけて橋の下を通っていた。「逆に、ダイスケはわかんないの?」コウキはぽかんとして、僕の気持ちがちっともつかめないというふうにため息をつく。そして「理想的なものなんてどこにもない」とつづけた。理想、と僕はいった。それだけしかいえなかった。「カリブ海にだってない」少し考えて、コウキは「理想なんてどこにも」といいなおした。

僕の体験する海はいつもどこかが欠けていた。たとえば砂浜の砂が黒ずんでいたり、潮水が濁っていたり、風が痛かったりした。雲が垂れこめ、太陽が翳《かげ》り、あるときには湧いてきたクラゲが僕の腕を刺してトラウマをつくった。

水着に着替えて浸《つ》かる必要のない横浜の海は、だから、僕にとってはとても無害で、それだけで価値のあるものだ。カメラをかまえれば、光がレンズを通過して、くっきりした青と白が現れる。永久に碇泊《ていはく》している氷川丸と陸地を繋ぎとめる太い鎖の上で、何羽ものカモメが羽を休めている。黒々とした鎖に白く光るカモメが乗っているようすはどこか潔さを感じさせるけれど、カモメたちが飛び立つ瞬間を狙ってシャッターを切ってもたいていはうまくいかない。

僕はひとりで山下公園のあたりを歩く。それでコウキのことが思い出されたのだろう。記憶は場所にくっついている。

寒い季節だった。一月の下旬だ。ベンチに腰掛けた恋人たちは体を寄せあって暖をとる。きっと二月はおろか三月さえすぐにやってきて、目にもとまらぬスピードで去っていくのだろう。そうしたら僕は三年生になる。中学三年生。恐ろしい年だ。

「キタザワ先輩の怖いところは」とコウキがいったのを思い出す。「まじめなところだよね」

「そうか?」

コウキはゆったりとうなずく。「まじめなひとが本気で怒ると怖いんだよ」

実際そのとおりだった。コウキだってまじめだったのだ。

キタザワ先輩はいま、高校生をやっているのだろう。僕のふたつ上だから、四月には高校二年生だ。柔道をつづけているだろうか。僕はひとり首を振る。そんなのは考えてもしかたのないことだった。だから、そろそろ受験が始まるか終わるかして新たに高校生になるはずの、オオハタ先輩のことも考えなかった。

フェンスに肘を載せ、海を眺めてみる。よく冷えた空気が首のあたりに触れていった。僕はネックウォーマーを少し引き上げてあごをうずめた。それだけでずいぶんと暖かくなったような気がする。不思議なものだ。寒さや暑さを感じる器官は、全身に均一に散らばっているわけではないのかもしれない。

波が遠慮がちに堤防にぶつかっている。

海の端っこはここだ。

カメラをのぞいて波しぶきのひと粒ひと粒を撮った。海の向こうで風力発電の風車がじれったいスピードで回っていた。

僕は海を眺めるのをやめて歩きだした。なにかひとつでもうまくいけばきっと、人生はひと並みに転がっていくのだろう。取り柄がほしい、と僕も思った。そういうものがあるひとは、それさえなくさないでいれば絶望しないのだ。コウキの気持ちがいまさらわかったところで、どうしようもないのだけど。

周りの誰にも聞こえないよう気をつけて、

「コウキは生きている」

といってみた。

われながらいい言葉だった。

ひとりで歩くのは好きだ。足を踏み出していく調子に合わせて、頭のなかを流れる考えごとが変わっていく。『徒然草《つれづれぐさ》』でいうところの「よしなしごと」だ。ちょっと前に、ホンダ先生と一緒にやった。

横断歩道を渡るときには白くて太い線の上だけを踏むようにした。歩道にもようがあればそれに合わせて歩いた。

コウキと一緒にいた日々や、ミキさんと一緒に写真を撮っていたころには、お互いにお互いの歩調を、意識的にも無意識的にも気遣っていた。ひととひとが並んで歩くというのはそういうことだ。それをしなくていいのは楽なことでもあったし、さびしいことでもあった。自分のためだけに生きるのは空しい。誰もがそう思っている。

コウキにもういちど会えたら、どんなにかいいだろう。

山下公園はとっくに過ぎて、臨港パークにたどり着いていた。部活をサボった日、コウキと最後に来た場所だ。ここでシロヤマ・アサヒの話をしたのだ。恋をしているコウキの表情は柔らかで、穏やかで、満足げだった。

臨港パークではきょうも何人かのひとびとが釣りを楽しんでいる。みんな暖かい格好をしている。ここの波はしぶきを上げない。どうしてだろう。

日が暮れてきている。ここで少しのあいだ腰を落ち着けようとも思ったけど――いつかのように――でも、僕には行かなくちゃいけない場所があった。きょう、横浜らしい横浜を歩いていたら、自《おの》ずとよくわかった。目の前の価値ある海をたゆたう波とともに、僕の気持ちも揺れる。

歩くスピードを遅くして、アーチ形の短い橋を渡る。橋の中央までが緩やかな上り坂で、そこから先は緩やかな下り坂。あたりまえだ。完璧に計算された建築だから、坂のカーブもまったく同じ。その下を、海から川へと切り替わるちょうど半ばの流水が通っていく。

僕だってちょうど半ばなのだ。

中途半端といい換えるべきかもしれない。

あのころ、中途半端に柔道をつづけていないで、すっぱり辞めるか、死ぬ気で抵抗するかしていたら、いまごろ僕はここにいないし、僕たちはこうなっていなかった。

振り返ると、釣り人たちが引き揚げはじめている。体の倍は分厚いダウンジャケットを羽織りなおしたり、詰めればふたりで座れそうなクーラーボックスのふたを勢いよく閉めて、軽々と持ち上げたりする。そんな彼らに背を向け、僕は駅へと歩を進める。いつもどおりのスピードに戻して。横断歩道で信号待ちをするあいだにも頭のなかでは歩調と同じテンポがメトロノームみたいに鳴りつづけ、それが不安なのか焦りなのか、微妙な気持ちを募らせる。

僕は行かなくちゃいけない場所に急ぐ。

すれちがうおとながみな僕を一瞥するように思える。学校に行かないことを糾弾されている気分になる。「不登校」と他人からいわれるのは、自分でいうより遥《はる》かにきつい。だってあなたたちは僕じゃない。

駅の入口からエスカレーターで地下に潜り込んだ。改札でＩＣカードをかざすと嫌な音が鳴って止められた。残高不足だ。後ろに並んだひとたちとぶつかりそうになり、顔をしかめられながら券売機の列に向かった。

歩道橋。

僕はその場所に辿り着いた。

懐かしくも、怖くもある。

かつて僕たちは、ここで長い時間を過ごした。

わからないことだらけで、納得いかないことだらけで、苦しいことだらけで、楽しいことなんかひとつもなくて、あいつは取り柄がほしくて、僕は、なにがほしいのかはっきりしないで、それでもずっと満ち足りなさに囚《とら》われていて、たぶん友達、そうだ友達がずっとほしくて、この場所で、行き交う自動車を眺めたり、溶けていく夕日に不安になったりしていた。

学校はT字の交差点を右に曲がった先にあるから、ここからはほとんど見えない。

僕はひとりで柵にもたれ、車やバイクを見下ろした。彼らは互いに気を遣いあって走る。歩道橋のどまんなかで、もしかしたら誰かが駆けつけて、早まるな、って怒ってくれるかな、そんなふうに考える。隣には誰もいないのに、よく知っている誰かが僕の真似をしてもたれているように思える。

「理想なんてどこにもない」

そうかな、と僕は訊く。

「そうだよ」

じゃあ、誰も、理想を探したりしない？

「わかっているひとは、探さないね」

わかっているひと。

「世の中がどれほどむりやりにつくられているか、わかっているひと」

おまえは、わかってるんだ？

「ダイスケだって知ってるだろ」

そうかな。

おれは探してる気がするけど。理想ってやつ。

「しわ寄せを被《こうむ》ったんだよ、おれたちは」

どういうこと。

「むりを通してつくられた世の中のしわ寄せ」

わからない、と僕はいう。そうかもしれないし、そうじゃないかもしれない。

「なんでわかんねえんだよ」

コウキはもどかしそうに顔をしかめ、ため息をついた。それを見るのは心苦しかった。

「おまえはいつもそうだ。なにもわからない。しかも、それで済ませてる。そうかもしれないとかそうじゃないかもしれないとか、適当なことをいって」

だっておれは、世の中で暮らしている気がしない、と僕はいった。

「それが世の中だよ」

コウキがいった。

ちょうどそのとき、歩道橋を何人かのグループが上ってくる声がした。学校のひとたちだ。コウキの幻が逃げるように消えて、心臓がどきどきした。彼らは楽しげになにかいいあっている。僕は声のする方向を見ないようにした。もし僕を知っているひとだったら――。

部活が終わる時間に重なってしまったのだろう。学校のことなんて久しく考えていなかったから忘れていた。声の主たちが柔道部員でないことを僕は祈った。その場にとどまっているわけにはいかなくなって、来た道を戻り、階段は下らないで、まっすぐ行った先の公園に避難する。彼らには後ろ姿を見られてしまったろうか？　わからない。歩道橋から見えにくい位置にあるブランコに座り、息を潜める。まちがっても漕いではいけない。キイと鳴ったらおしまいだ。

声と足音がだんだん大きくなってくる。三、四人といったところか。心なしかそれぞれの足音が重いような気がする。体重のせいなら柔道部員かもしれない。心臓がまた大きく揺れる。「セックスしてえ！」とひとりが叫んで、残りのひとたちが下品に笑う。そのなかに知っている声はあるようなないような、判然としなかった。

公園は木々に覆われていて、その外側をさらに転落防止のフェンスが囲んでいる。フェンスの隙間から歩道橋を慎重にのぞいてみる。背中と荷物がわずかに見えた。かばんは大きかった。ちょうど、僕がかつてこの歩道橋を往復していた時代と同じくらいの大きさ。階段を下っていく彼らの最後尾を歩く背中に、見覚えがあった。

「せんぱあい」

誰かがひときわ大きな声で、わざとらしくいう。

最後尾の背中が跳ねる。

「引退したのになんで来るんですかあ、せんぱあい」

なんでも奢ってくれるから来てもらわなくちゃだめなんすけどねえ、と別の声がつづく。下品な笑い声が、クドウ先輩の背中と、僕の胸とを、一緒に蹂躙《じゅうりん》していった。

声と足音が遠ざかっていくまで目をつぶっていた。

空気が冷たい。風が厳しい。

しわ寄せ。

おれたちは。むりを通してつくられた世の中のしわ寄せを。被った。

「コウキ」と僕はつぶやく。おれたちがいなくなったあとのことを、おれたちはなんにも考えちゃいなかった。むりを通してつくられた世の中を立ち去っても、そこには相変わらずの「むり」が残るんだ。おれたちは知らないふりをしたんだよ。なあそうだろ。そう思うだろ。

僕はブランコを漕ぐ。軋んだ音が鳴る。

おれたちはおれたちのことしか考えちゃいなかったんだ。

なあ。コウキ、おれは自分が恨めしいよ。

「そうだったらいいってダイスケは思ってんのか?」

答えないでいると、コウキは、

「おれたちがあのまま虐《しいた》げられつづけていたらよかったのにって思ってんのか?」

といいなおした。

膝から下を大きく動かして、ブランコの振り幅を広げていく。そうすることで僕はなんとか泣くのをこらえる。なにが正解かなんてわからない。あの日からいままで、いちどだってその答えが出なかったから、僕はここにいる。コウキの口調がどんどん強くなって、僕の心をぼろぼろにする。僕は楽しく暮らしたかった。あたりまえの中学生として、勉強に苦労して、部活でいい汗を流して、仲よしの友達とちょっとしたことで盛り上がって、ひょっとすると好きなひとができて、そんなあたりまえの生活がしたかった。

ブランコを漕ぐ。両手を鎖から離してしまえば、僕と世の中を繋ぐものはなくなって、宙に放り出されてしまうだろう。どうすればよかったかなんてわからない。クドウ先輩は僕とコウキの代わりになった。それは僕のせいかもしれない。

「悪いのは誰だよ」

コウキがいった。

いや、いったのは、僕だったかもしれない。

コウキが世の中の話をするから、悪いのが誰なのかも、この気持ちが誰のものなのかも、わからなくなってしまった。

地面をつま先で引っ掻いて、少しずつブランコのスピードを緩める。完全に止まるまでに六往復を要した。そうして息苦しいほど悔しくなった。

家に帰ると僕は三羽の雀の写真を眺めた。

三羽のうちいちばん小さいのを両側から見守るように、中くらいのと大きいのが向かいあっている――まるで円満な家族のような、素朴で温かみのある瞬間だった。それを逃さなかったのはわれながらよくやったと思う。しかも撮ったのはあらかじめ決めていた場所じゃなくて、そこまで行く途中の、煉瓦敷きの歩道の隅だった。

ほんとうの家族かどうかは知らない。だけどこれを撮るときも、モニターで確認したときも、現像したときも、いまも、ほんとうの家族じゃなかったらいいなと思っている。だってそのほうが、ずっと愛しい。

空色ポストに投函してしまって終わりというのが惜しまれるほどに、僕はこの写真が好きだった。だから、現像は二枚、した。片方は空色ポストに、片方はひさしぶりに写真立てに入れた。コルクボードとアクリル板と木片でつくった、手づくりの新しい写真立てだ。

その写真を空色ポストへ投函してから四日後の三時ごろに、返事の写真が届いた。家には僕ひとりだった。二月初旬の冷え込みが厳しくて、なるべく使わないようにしている暖房もつけていた。ここ数日太陽はなかなか姿を見せず、もったいぶって人類を追い込んでいた。

郵便受けにあの白い封筒が落ちる音がして、郵便配達のバイクのエンジン音が遠ざかってから封筒を取り出した。

なかには写真が一枚。

写っているのは街路樹だった。背景には自動車の往来と、でこぼこのビル群からのぞく雲の多い空。車はブレて、忙しい動きを伝えている。そして――ひときわ目を引くのが、街路樹にかかっている傘だ。

緑と青のあいだのようなあいまいな色。写真全体のトーンがぱりっとして、その不思議な色をよけいに際立たせている。木製の柄がなんともいえない哀愁を醸し出す。背景の忙しさに対し、主役は不動だった。街路樹の枝に黙って引っかかっている傘は、自らの状況を甘んじて受け入れているように見える。なぜ傘がこんなところにあるのか、誰の傘なのか、通行人たちは気づいているのか、そんな疑問をすべて置き去りにしてしまう。

僕は写真に釘付けになったまま階段を上り、自室の椅子に腰かけた。

写真を裏返す。

そこには、

忘れもの　　ミキ

と記してあった。

――嘘だろ。

くりかえし目をこすっても、沁《し》みる目薬を点《さ》しても、いちど椅子から立ち上がって部屋を一周したあと見なおしても、確かに「ミキ」だった。

こんな偶然。

僕は頭を抱えた。これがもしほんとうにミキさんからだったら、どのくらいの確率をくぐり抜けてここまで届いたのだろう。僕が空色ポストの存在を知った新聞記事には、利用者は何人くらいと書かれていたっけ。それほど多くはなかった気がする。新宿御苑にしかないものだから。たとえば、九州に住むひとは、わざわざ投函しに来ないだろう。

ミキさんから僕へ写真が届くのは、驚くようなことではないのかもしれない。なんにしたってこの写真は、確率がどんな数字であってもミキさんから届いたんだという感じがした。根拠などない。でもそう思えた。強いていうなら、あの電話の返事なのかもしれない。僕がかけて、ミキさんが出なかった、去年の十二月初旬の電話だ。二か月近く経って、ミキさんはふと、僕を思い出してくれたのかもしれない。それならこのくらいの偶然、懸けてみたっていいと思った。

ミキさんにいますぐ電話をかけたい。今回は出てくれそうな気がした。「ミキさん、おれのところに、ミキさんの写真届いたよ」〇・一秒でも早く知らせたくて、声が言葉を追い越して、むせてしまうにちがいない。ミキさんは「大丈夫？」と心配してくれるだろう。それで、僕の呼吸が落ち着いたあというのだ。「ねえ、わたしも、そんな予感がしてた」

写真を持ったまま階段を駆け下りる。胸が高鳴っているのがわかった。その鼓動はたぶん誰にでも訪れるわけじゃない。

忘れもの――すてきな写真だ。

ミキさんに出会ってから、すてきという言葉が好きになった。それまではどこかわざとらしいと思っていたのだ。でもミキさんが口にする「すてき」はちがった。ただ静かに、とん、と置かれたその言葉は、わずかの混じり気もない純粋な表現だった。

階段を下りきると飛びつくように受話器を上げ、ずいぶんとひさしぶりにあの番号を押した。前のようなためらいはない。右の耳に、ぐっと当てる。

ピリリリリという呼び出し音を心地よいとさえ感じている自分がいる。ピリリリリ、ピリリリ、とそれは僕の肺が膨らんだり萎《しぼ》んだりするのに合わせてつづく。期待は膨らむ一方だ。

しかし、

〈――おかけになった電話は、電源が入っていないか、電波の届かない場所にあるため――〉

自動音声。

何度やっても同じだった。

前の自動音声とはちがう内容が、温度のない声色でくりかえしくりかえし鼓膜を震わせる。四度め、僕は自動音声の途中で受話器を置いて、「ねえ、電源入れてないよ」とミキさんの口調を真似てみた。

タキノをやめたのかもしれない。ミキさんも、僕と同じように。

僕とミキさんを繋ぐものはなにひとつなくなったのだと気づいた。わずか十一ケタの数字だけがよすがだった。それほど脆《もろ》い距離感だったのだ。

「忘れもの」と書かれた写真を、机の抽斗にしまう。

そんなふうにしてひと月が過ぎていった。二月、勉強の調子はだいたいずっとよかった。飲み込みの早さに自分で驚くほどだ。まあ、真にすごいのはホンダ先生だ。このままいけば志望校、いやもう一段階頭のいい高校に合格できてしまうかもしれない、なんていうふうに半ば本気で思った。

けれど、スポーツ選手でいうところのスランプは、突然やってくる。

三月。

授業の最初に毎回行う英単語テストで、家庭教師が始まった当初のような情けない点数をとった。それから数学でつまずいた。ふたつの三角形がまったく同じであることを証明するやりかたがどうしても身につかない。ホンダ先生は言葉を換え見かたを換え説明してくれたが、あと一歩のところでだめだった。ひとつの問題が解けるようになっても、べつの問題に挑むと途端にわからなくなる。

「申し訳ないなあ」

ついに先生に謝られてしまう始末。

明らかに僕の応用力が乏しいせいで、先生はなにも悪くない。そう伝えて謝っても、こっちの力不足なんだ、と、さらに謝らせることになった。お互いに申し訳ない気持ちしか浮かんでこなくて、空気は重かった。

帰り際、母が「どうですか、ダイスケはちゃんとやってますかねえ」と訊いた。いつものことだし、いつもはホンダ先生が「すごくがんばってますよ」と答えてくれるから全然気にならないのだけど、先生はこの日ひと呼吸置いて、

「ええ、大丈夫ですよ」

とほほえんだ。

僕はなんともいえない気持ちでうつむくしかなかった。

うまくいかない現実を誤魔化すために、写真を撮りに行く頻度がさらに高くなった。少ないときで一日おき、多いときで毎日撮りに出る。

空色ポストから届く写真だけが自分を受け容れてくれる。

顔も名前も知らないけれど、僕の写真が届く相手や、僕のもとに届く写真の送り主には親しみが湧いた。この国のどこかに彼ら彼女らは確かに存在していて、いつか僕と同じように空色ポストの前に立っていた。息を止め、封筒が最後まで飲み込まれるのを、その指で見守っていた。貴重なひとびとだ。叶うなら、彼ら彼女らに会ってみたいと思う。

外出用のかばんには、ミキさんから届いた「忘れもの」――街路樹にかかった傘の写真が入っている。彼女がタキノの電源を切りつづけている以上、僕とミキさんを繋ぐ唯一の藁《わら》がこれなのだ。あのまま一生机の抽斗の奥で眠らせておくことはできない。電車で座っているあいだや信号待ちのふとした瞬間に取り出して眺める。世の中の常識が決して確かなものではないということが指先から伝わる。そのたびに僕はほほえんだり眉間にしわを寄せたりする。

また電話するね。

そんなふうな別れの言葉を残し、ミキさんは消えた。

でも、「忘れもの」の写真をなくさずにおけば、いつかまたほんとうに電話をかけてくれるかもしれない。幸運な忘れものがいつか持ち主のもとへ返っていくように、この写真は、僕をミキさんのところへ導いてくれるかもしれない。

いつか、と僕は思う。

いつかミキさんと山下公園に行けたらいい。

海の写真を撮ろう。船の写真を撮ろう。風車の写真を撮ろう。レンズで潮を捉えよう。波しぶきをものともしないで僕のほうを振り返るミキさんを撮ろう。

僕は歩きながら「忘れもの」の写真を眺めた。満足すると軽くうなずいてかばんに戻す。ひとりで歩くのが好きだが、ふたりで気をつけながら歩くのだって、やっぱり楽しいんだよなと、自分に正直になった。

あと数日で僕は三年生になる。

4

四月が来る。世の中はまるで新しく人生が始まったかのような心持ちでいる。でも、僕は四月の一日がやってきたことに気づかないくらいだった。家のなかでも、誰ひとりとして嘘をついて遊んだりしなかった。

木曜日、午前中のうちにまた空色ポストに投函しに行った。新宿までわざわざ電車で赴くのにそれだけではもったいなくて、行くたびに新宿御苑を充分に散策した。桜の季節というだけあって、平日にもかかわらず券売機にかつてないほどたくさんのひとが並んでいた。外国人の観光客も多くて、意味もなく緊張してしまう。

いちおう中学生の僕は、券売機ではなくて、窓口に向かった。係の人に生徒手帳を見せ、無料で入場券をもらう。少しだけ罪悪感があるけれど、正直慣れてしまった。

地面には早くも薄桃色の花びらがぽつりぽつりと散らばっていた。かわしきれずにそれらを踏んでしまいつつ、新宿御苑の景色を味わって歩いていく。

空色ポストにたどり着く。明るい青のペンキで塗りつぶされた、古めかしい円筒形。投函口には庇《ひさし》がついていて、雨をしのぐようになっている。

かばんから封筒を取り出し、中身を確かめた。

今回送るのは、ある丘の写真だ。飾り気はない。ほのかに青い午後の空と、摑みどころのないいくつかの白い雲、それからなだらかな丘陵。真正面から堂々と、それらをカメラに収めた。ひともいなければ動物もいない。ほんとうなら丘の上に東屋があるはずだが、ちょうど隠れていて見えない。

この写真には、ただただ空間だけを写した。

以前そこに行ったときには思わなかったが、丘の輪郭が、なんというか幾何学的だ。幾何学的という単語がこの場合ふさわしいのか、自信はないけど。

ねえ。

よかったね。

ふと懐かしい言葉がよみがえる。花盛りの新宿御苑を、気の向いたチョウたちが誘いあって訪れるように。

クラスの子たちから、手紙来ないで、よかったね。

いつだったか、ミキさんにいわれた言葉。とてもだいじなこと。ミキさんがああいうふうな言葉を口にする背景にいったいなにがあるのか、僕は知らない。知らないのに、いまになってじんわりと、滲み込むようにして伝わってくる。

タキノをやめたのだろうということを除いて、ミキさんがいまどこでどうしているかはちっともわからないけれど——奇跡のようにして僕のもとへ「忘れもの」の写真が届いたのだから、そう遠くないどこかで元気にしているにちがいない。

空色ポストに新しい封筒を入れる。

丘という空間だけが切り取られたこの写真は、これから誰のもとに届くだろうか。

そのひとはぽっかりと空いた丘の上に、なにを、誰を、想像するだろうか。

この丘は——僕がミキさんと、最後に訪れた場所だ。

また電話するね。

僕は息を吐き、ひとり笑った。

回れ右をして歩きだす。早く帰らなくては。お腹も空いてきた。桜の木々のそばを通り過ぎ、出口へ向かう。

と、門まであと数メートルというところで声をかけられた。

「あれ、もしかして、ダイスケ少年くん？」

短めの頭髪がいちばんに視界へ飛び込んでくる。

ミキさんの彼氏さんだった。


「おれ、捜してるんだよね、ミキのこと」

と彼氏さんはいった。昼めし奢るからといわれ、近くのファミレスに一緒に入った。僕は遠慮しようとしたのだが、彼氏さんの眉間に寄ったしわが見えて、このひとがなんらかの重い苦労を重ねていることがわかってしまった。

店は混雑をきわめていた。ふたりでぎりぎりのサイズのテーブルに案内され、向かいあって座る。なんでも食べなよと彼氏さんはいってミートスパゲティを頼んだ。僕はハンバーグにした。ドリンクバーまでつけてくれた。なにがいいか訊くとジンジャーエールといわれたので、ふたりぶん注いできた。

「ミキにフラれたんだ」料理が運ばれ、数分間黙って食べたあと彼はいった。「あいつはどこに行ってしまったんだろう?」

彼氏さんはここのところ毎日のように新宿御苑を訪ねているそうだ。もしかしたら、ひょっこりミキさんが現れるかもしれないと思って。

「家とか、知らないんですか?」

ナイフで次のひと口を切り出しながら僕は訊いた。水を飲んで彼氏さんはうなずき、「おれんちは知られてるけどね」と苦笑いをする。

数えきれないひとびとの話し声で、店のなかは新聞みたいになっていた。声の粒が薄い新聞紙を埋め尽くす文字のように、店内に隙間なく充満している。そのなかでお互いの声だけははっきりと聞きとれるのが不思議だった。音のひとつひとつが同じ重大さで耳に届くひとも世の中にはいるらしい。そんなひとが聞いている世の中は、僕のとは似ても似つかないだろう。

「いつからミキさんと付き合ってたんですか?」

彼氏さんはちょっと考え、「おととしの十二月ごろだったな」と答えた。「ミキが高一で――」

「僕が中一」

「おれは大学二年」

そのころ、彼氏さんは予備校でアルバイトをしていたという。講師として授業をするのではなく、生徒と講師とを橋渡しする、お世話係の仕事だった。「チューターっていうんだけど」と彼氏さんはいった。担当していた生徒のひとりがミキさんだった。

「ミキはもう学校行ってなくてさ。通信制の高校には入ってたみたいだけど」

大学受験に備え、ミキさんはその予備校に通いだした。それがおとといしの九月のことで、十二月に、ふたりは交際を始めたそうだ。あんまり褒められたことじゃないんだけどな、と彼氏さんは気まずそうにいった。「まあ、将来やりたいことに近いバイト見つけて、そのあとすぐチューターは辞めたんだけどね」

ミキさんがどうしていつも制服を着ていたのか尋ねた。

「うーん」と彼氏さんはむずかしい顔で唸ってから、「じつは、おれもちゃんと聞いたことないんだよ」と目尻を下げた。

「そうなんですか?」

「ミキって、あんまり自分のこと話したがらないからさ。恋人くらいには、オープンになんでもいってくれたっていいと思ったんだけどなあ」

彼氏さんは残り少なくなったスパゲティをかき集めてフォークに巻く。口のなかに運んで飲み込んだあと、でもたぶんそういうことなんだろうなあ、とため息をついた。

「そういうこと?」

深くうなずく彼氏さん。「あいつは、隠してるんだよ、制服で」

隠している?

「ほんもののあいつを」

——去年の十一月八日。

ミキさんは彼氏さんに別れを告げた。

……ハジメ？　きょうはねえ、バイト。……たまにはこういう日もあるよ……日付から考えれば、あのときすでにミキさんと彼氏さんは別れていたことになる。

　十一月八日、少なくとも彼氏さんは、いつもどおりのデートだと思っていた。待ち合わせは新宿駅で、行き先は新宿御苑だった。ふたり揃ってここに来るのは、まだ空色ポストを知らなかったころに来たのが最初で最後だ。だから、ミキさんがこの日新宿御苑に誘ったのは、なにかのサインだったのかもしれない……と、あとになってハジメさんは思った。

　ふたりは手を繋がなかった。これもいつもとちがうところだった。ただ横に並び、い、い、なりかけの紅葉《こうよう》の下を歩いていった。

　日々の世の中とはちがう雰囲気があった。秋の新宿御苑。東京のまんなかにこんな場所がある。ゆっくりと足を動かして木々の下を進んでいく。一歩ずつ、べつの世の中に踏み込んでいくような感じがする。

「ねえ」ミキさんはいった。けれど、あとに言葉はつづかなかった。きっかり十秒待ってから、「いいね、こういうの」とハジメさんは答えた。ミキさんが口元だけでほほえんだ。

　きょうは写真撮らないのとハジメさんは訊いた。いつもは制服の上から必ずデジタル一眼レフカメラを提げているのに、この日は制服だけで、荷物もほかにはなかったからだ。ハジメさんは怖い心地がした。地面が頼りなかった。隣にいるのが、ミキさんであってミキさんではないような。全体像はまるっきりミキさん本人でも、虫眼鏡で注意深く点検すれば、いたるところに誤謬《ごびゅう》がありそうな気がした。

ハジメさんはミキさんの手をどうしようもなく握る。

「痛いよ」とミキさんがいう。ハジメさんは謝るしかなくて、手を離した。木《き》でできたベンチに並んで座る。ベンチは触れるとざらざらして、どうにも頼りなかった。木肌《はだ》がいまにも剝がれそうだ。

長く重い沈黙。ふたりのあいだの空気の流れが、ゼリーのように淀んでいて遅い。ハジメさんは必死になって言葉を探す。どうしたら隣のミキさんを笑顔にできるだろう。

しかし、正しい言葉は探し当てられなかった。

やがてミキさんが「ねえ」と口を開く。

「ちがう世の中で生きてるみたいだね」

「え？」

突然の言葉に困惑した。

ミキさんはさびしげな笑顔だった。顔の部品のひとつひとつがそよ風に流されてできあがったような笑顔だ。それでハジメさんの心臓がどんどん小さくなっていった。徐々に、でも確実に目の前がかすんでいく。

あるひとつの予感が頭を占める。

ああ、ミキはいなくなる。おれのもとから。

直感した。

繋ぎとめなくてはいけない。

ゼリー状の空気はいよいよ粘度を上げていく。息苦しくなってくる。すると考えることさえむずかしくなってくる。

手を、ハジメさんは探す。ミキさんの手を。

「わたしたち、ちがう世の中で生きてるみたい」

だけど、手のひらから伝わってくるのは、ぼろきれたベンチの寂しさのみだった。

どうして、と思う。

それは訊かない約束でしょ、と、遠くで声がする。

新宿御苑の木々がいっぺんに枯れていく。赤や黄の紅葉をまたたく間に通り過ぎて、枝が丸裸になる。雪がうっすらと降っては溶け、降っては溶け、やがて積もり、膝から下をことごとく凍らせ、そうして、春はいつまでも来ない。

「ミキ」

ハジメさんは最後の力を振り絞って、いった。声にならない声だった。寒さで頬がかじかむ。吹雪が肩をくりかえし打つ。

ミキさんが立ち上がる。満面の笑み。なにもかも吹っ切れたふうな。雪の白に紛れ、いまにも蜃気楼《しんきろう》みたいに消えてしまう感じがする。

怖い。ハジメさんは、怖い。

ミキさんが笑顔を緩め、なにもかもを決めてしまう言葉を口にする。

「わたしたち、別々に生きていったほうが楽なんだよ」

遠ざかる足跡を、降りやまぬ雪が端から塞いでいく。

ミキさんの姿が見えなくなったあと、新宿御苑は、もとどおりなりかけの紅葉に戻っていた。

ちがう世の中で生きているみたいだというのが、ハジメさんの心にも、僕の心にも引っかかっていた。おれにはミキの考えていることがもうわからない、とハジメさんは悲しんだ。僕にもわからなかった。

ミキさんは突然いなくなった。

「忘れもの」の写真のことは話さなかった。なんとなくそのほうがいいような気がしたから。

もしなにかわかったら教えてね、と、ハジメさんは僕にタキノの番号を伝えた。僕は僕で家の番号を教えた。「僕タキノ持ってないんです」「タキノって？」「多機能携帯端末」「ああ」ミキさんとやったのとまったく同じやりとりだった。

ごちそうさまでしたとお礼をいって、最後に僕は質問をした。ファミレスを出たところだ。僕はこれから駅に向かうが、ハジメさんはもう少し歩くという。

「ハジメさんはミキさんのこと、どのくらい好きですか？」

少し驚いて、ハジメさんは「悪い質問だな」と笑う。

「すみません」

「でも、初めてちゃんと名前呼んでくれた気がする」

「……そうでしたっけ」

上着のポケットに手を突っ込み、ハジメさんははにかむ。

道路をたくさんの車が走り、エンジンを鳴らす。僕たちの脇を素知らぬ顔で走り去っていく。うるさい音が世の中を駆け抜ける。

なにかのスイッチが切れるようにして、ハジメさんがもういちどはにかんだ。

「ミキがいなくなったから、することがひとつもないんだ」

そのくらい好きだよ。


帰りの電車は空いていた。

僕は四両めの、端の席に座っていた。電車に乗るといつも眠くなる。電車のとくべつな揺れかたのせいだ。深い緑色の暗闇に包まれたみたいで、不思議と落ち着く。

電車は渋谷駅でしばらくのあいだ停車した。べつの電車とのかねあいで待っているらしい。妙に静かな車内で、僕やほかの乗客たちはゆっくりと息を吸ったり吐いたりする。
一、二分ののち、まもなく発車しますとのアナウンスがあった。
しかし、ドアが閉まり、予定時刻を過ぎても、電車は動きださない。

〈ホームドアから離れてください、電車が出発できません〉

そんなアナウンスがホームに響き、車内にまで漏れ聞こえてくる。電車のデにアクセントが置かれている。ホームを背にして座る僕は、肩越しに窓の外を見遣《みや》った。次の電車を待って整列しているひとびとと駅員さんしか見えなかった。だけどアナウンスはくりかえされた。

〈ホームドアから離れてください、電車が出発できません〉

誰かが頑《かたく》なにホームドアにしがみついているらしい。

電車は動かない。

車両の気温が少しだけ上がった気がする。

〈ホームドアから離れてくださーい、電車が出発できませーん〉

三度め。

僕は体の向きをもとに戻す。

車内のひとびとはちらちら視線を動かしたりタキノに集中したり本を読んだり化粧を直したりそれぞれだった。彼ら彼女らの反応は興味深い。いらいらをおくびにも出さない。

四度めのアナウンスがあり、電車はやっと動いた。予定時刻からおよそ二分半が過ぎていた。変な体験だった。僕の場所からは問題のホームドアは見えなかったけれど、遠くのホームドアに、誰かがこだわりをもってしがみつきつづけていたのだ。

電車のとくべつな揺れを感じつつ、僕はその誰かのことを考えた。暗く長い地下トンネルの、右も左もわからない場所で、彼もしくは彼女は、自分がいまここにいることを一生懸命叫んでいる——そんなイメージ。

しばらくするとトンネルに電車がやってくる。いつのまにか白いホームドアが現れて、線路とその誰かを隔てている。

電車が目の前で停まり、ホームドアも開いたのに、彼もしくは彼女は乗りそこねてしまう。いつもそうだ、と嘆く。ふつうのひとならば絶対に失敗しない、呼吸より易しいことでさえ、自分はうまくいかない。

遠のいていくひとすじの光。暗がりに取り残される誰か。

「行かないで」

ホームドアにしがみつく。

黒服に身を包んで個性を殺したふたりの人間が、彼もしくは彼女の体を後ろから羽交い締めにし、ホームドアから引き剝がそうとする。彼もしくは彼女を引き剝がすためだけに生まれてきた黒服たちだ。

「お願い、行かないで」

彼もしくは彼女はこだわりをもってホームドアにしがみつく。屈強な黒服たちの腕力も、追い詰められた彼もしくは彼女には及ばない。

ここでアナウンス。

〈ホームドアから離れてください、あなたの居場所はありません〉


スランプはつづく。

ホンダ先生は説明の途中途中で「ここまで、大丈夫?」と訊いてくれる。とてもありがたいことだ。わからなかったら、わかりませんといえばいい。そうやって正直にしていたから、先生は僕を教えやすい生徒だと褒めてくれていた。

「はい」――だけど、僕はいう。「大丈夫です」

大丈夫じゃないのに。

説明を聞き終えて、いよいよ問題に取り掛かる。先生が見守る隣でシャープペンシルのグリップ部分を強く握る。けれど、問題文を読んでも、一文字たりとも呑み込めなかった。文字は瞳をくぐり抜ける前にこぼれ落ちていく。勉強に使われる脳みそは、スランプが始まってからずっと腐敗をつづけている。僕は意味もなく消しゴムを弄《もてあそ》んだ。すっかり角の丸くなった、小さなMONO。ちょうど人差し指の先端から第一関節までの長さと同じだった。

「どうした?」

不審がって先生が訊いた。

いや、と僕は口ごもる。

「わからないなら、ちゃんといってね。怒らないから」

すぐ横の先生の顔を見られない。

前みたいに素直にしていればいいのに。どうしてそれさえできなくなってしまったんだろう。

勉強ができないままで、この先どうしていくつもりなんだ。

「だ……大丈夫です」

はあ、とホンダ先生がため息をついた。「まあ、きみだけの人生だからさ。最後に決めるのはきみだけど」ぐい、と先生は僕の頭をむりやり自分のほうに向かせた。ほほえんでいる。頬に妙なしわを刻んで。だけど、目の奥は決して笑っちゃいない。凍った水面のように静か。怒っている？　悲しんでいる？　それとも憐れんでいる？　だとしたら、僕は恥ずかしい。

「なにも恐れないで、ただやるんだ。いいね。不安がってる余裕なんか、きみにはこれっぽっちもない」

空色ポストから返事が届いた。オスのライオンがあくびをする、なんとも平和な写真だった。牧歌的すぎて涙すら出てくる。たぶん上野動物園だろう。裏には「インドライオンのあくび」とそのままのタイトルが記してあった。森を模しているらしいエリアを背景に、ライオンの顔面が写真の左半分を見事に埋めている。僕の頭なら軽々と丸呑みされてしまうほど大きく開かれた口には白く鋭い牙と生々しい歯茎がのぞき、ぬめぬめとした唾液まで鮮明に捉えられている。

僕もあくびをしてみた。

コウキ、と僕は思う。

あいつも三年生になった。新しい学校で、ちゃんと。新しいクラスメイト、ひょっとすると新しい部活の仲間たちと一緒に。あいつは元気にしているといい。取り柄がほしいと悩んでいたコウキには、確かな取り柄がひとつ、ある。

いいやつだ。僕とちがって。

仲のいい友達ができないなんて嘆いていたけど、おまえ大丈夫だよ。

僕は苦笑いする。

スランプからは抜け出せない。

コウキ、おまえ大丈夫だよ。

5

――目が覚めたら四時だった。

午後の四時だ。

ハジメさんと偶然会った日から十日が過ぎて、きょうはホンダ先生の来る月曜日。十日あればいろんなことが転がっていく。悪いほうに。

肝を冷やすという表現がそのまま僕を襲ってくる。時計を見て、その数字のもつ意味を三秒遅れで理解した瞬間、心臓をかたちづくる筋肉の一枚一枚が縮み込み、もとに戻ろうとして激しく震えた。

一時間後にはホンダ先生が来る。

激しい頭痛がする。閉じきったカーテンからは朝陽が漏れ入ることもなく、薄暗い部屋のなかでひとりきりだ。きのう何時に寝たっけ。そんなに遅くなかった。でもいまは午後の四時だ。

上下のまぶたがひっついている。寝すぎで眠い。必死になってふとんから這《は》い出し、薄目でカーテンを開く。灰色の風景がそこにある。垂れ込めた雲。陽光には期待できない。アスファルトと向かいの家々、遠くにちょっとした山々。黒い鳥が一羽きりで飛んでいる。

強張《こわば》った体をほぐすために伸びをする。ずうっと頭がガンガンしている。焦らなくちゃいけない、急がなくちゃいけない。だけどそんな頭ではろくにものを考えられない。

目をこすって階段を下りる。

廊下もリビングもがらんとしている。これが四時か。突如まったく知らない場所に放り込まれたみたいだ。台所には両親の食器がきれいに洗われて置いてある。コップも仲よく並んでいる。

冷蔵庫を開けると僕のぶんの食事がラップをかけてあった。僕が起きてすぐ食べられるように、つくっておいてくれたのだ。申し訳ないことをしたと思う。ふだんでさえ朝ごはんか昼ごはんかわからない時間に食べているのに、きょう、僕はこれを何時に食べるんだろう。

がらんどうの家に響く水道の音を聞きつつ洗面台で顔を洗ったら、少しはすっきりした。粘ついた口をすすぎ、急いで歯を磨いて、気になったのでもういちど水だけで顔を洗う。深呼吸をひとつ。頭痛の波も弱まり、冷静になる。そうすると入れちがいに焦りがやってきた。

階段を駆け上がる。

机の上には、やりかけの宿題が放置してあった。どのくらい残っていたっけ。すごく不安になる。開いたままうつ伏せになっている現代文の問題集を、汚いものでも摘まむようにして、おっかなびっくり裏返す。

「まじかよ」

ほとんど白紙で、漢字問題だけ完璧にこなしてあった。

僕はきのうの僕を恨めしく思った。漢字は唯一の得意分野だ。それだけをちょいちょいと解いて、めんどうな文章題を後回しにした神経を疑う。

だけどきのうの僕はきのうの僕できょうの僕に失望している。英単語テストに備えて五十の語句を憶え、大の苦手の数学を解き、眠さを押しのけてせめて漢字問題だけはやっておいて、残りは翌日の自分を信じて託したのにこのありさまだ。いや、まさかこんな大寝坊をやってのけるとは思ってもみなかった。

とにかくきょうの僕は力を込めて椅子に座った。目をいちどぎゅっとつぶり、開く。残っている宿題は、この問題集と理科の問題集が一単元ずつ。ホンダ先生が来るまでにどこまで進められるかが勝負だ。頭がうまく回転するといいけれど。

「それは災難だったね」

ホンダ先生は苦笑交じりにいった。

ぎりぎりまで宿題に取り組んでいたので、僕は寝間着のままだった。髪の毛もぼさぼさで恥ずかしい。ふたりぶんのお茶を注いでコースターに載せ、僕は机に向かって座る。先生はその隣に出してある椅子には座らず、立ったままだ。

「四時かあ」

「信じてくれてますか」

「うん、信じてるよ」

大変だったなあ、と先生はまた笑い、頬に猫のひげを刻んだ。少し前の先生とはちがって目も笑っていた。怒っていないみたいだ。頭を軽く掻き、「どこまでできてるのかな」と訊く。

僕は理科には手をつけられていないと正直に説明し、あと少しで現代文が最後まで解けるところだと伝えた。

「じゃあ、理科はきょうは見ないよ。現代文はあとで時間をとって終わらせちゃおう。とりあえずいつもどおり、英単語の確認テストからね」

「ありがとうございます」

僕は安心する。が、時計を見た瞬間の、寿命の縮む感じは二度とごめんだ。

英単語テストで無事合格点をとり、十分間で現代文の問題をなんとか解き終え、そのまま現代文の解説をしてもらった。すぐそばで聞こえるホンダ先生の言葉はいつもどおりていねいで、わかりやすい。理解が遅れた部分はちゃんと「わかりません」と伝えた。いちど勘を取り戻せば、わかりませんと口に出すことなんてやっぱり簡単だった。

諦めないでよかったなあと思った。四時に起き、絶望のままに五時を迎えなくてよかった。すみません、寝不足で頭働かなくて、国語と理科全然できてません。ちゃんとやろうとは思ってました。でも漢字はやってますよ。そうやって誤魔化さなくてよかった。だからこそ先生は怒らなかったのだろう。報われる努力というのがあるんだ、と知った。こんなの成果とはいえないだろうとほかの誰かに怒られるかもしれないけど、僕はそれでもうれしかった。そりゃあいちばんいいのは寝坊しないことだけど、でも、ちゃんと頑張れた自分が——

「——ケくん、ダイスケくん」

変な場所から呼ぶ声がした。

「ダイスケくん」

たぶん、先生。

部屋の外から聞こえているような気もするし、すごく耳元で呼ばれている気もする。距離感が摑めない。ふわふわした魔法みたいな声だ。しゃぼん玉を膨らませながら、べつのストローで丸い膜のなかに声を閉じ込めてある。しゃぼん玉が空中に放たれると、声は膜を通り抜けて遠くからうっすらと聞こえてくる。「ダイスケくん」そして、しゃぼん玉は耳元まで空気に押されてうまく流れてき、ぱちん、鼓膜の手前で見事に割れる。

「ダイスケくん！」

肩を揺さぶられ、僕は目を覚ました。

「……え？」

急に寝るからびっくりしたよ、と先生はいった。

不可解な現象は日に日に悪化していった。いきなり眠ってしまう。しかも、眠っていることに気づかない。目が覚めてやっと、自分が寝ていたことを発見するのだ。なにかのきっかけでぱちん、としゃぼん玉が割れ、突然覚醒が訪れる。状況を理解して、またか、と気を落とす。

いちばんひどいのが勉強中だった。問題の進みぐあいから考えると、どうも小刻みに寝ているらしい。みみずの這ったような筆跡がそこらじゅうにある。

両親に相談したけれど、ピンと来ないようだった。「集中してないんじゃないの」とか「やる気が足りないんだ」とかいわれてうなだれるだけだった。そうじゃない、いつのまにか寝てるんだと反論しても、上手に伝わらない。

「勉強してるときだけなんでしょ？」と母は珍しく語気を強めていった。「だったら頑張らなくちゃ。ホンダ先生に迷惑かけないでね」

しかしその日の夜、僕は入浴中に寝た。湯船に浸かり、一日の疲れを癒《いや》している真っ最中だ。僕があまりにも長い時間上がってこないことに母が気づき、父が呼びに来た。ぱちん。僕はぱっちりのぼせていて、指先の皮膚もふやけ、もはや溶けかけていた。腰にタオルを巻いてリビングに出、水を大量に飲んで横になる。母が冷凍庫から保冷剤をいくつか取り出し、僕の首や腋に当てがってくれた。

目をつぶる。

「疲れてるんだろうねえ」と母の声がする。

「なにを疲れることがあるんだ」父は相変わらずめんどうだ。

鼻から息を吸い、口から吐く、その一連の動作がなめらかにできるようになると、僕は立ち上がり、脱衣所に戻った。体を改めてしっかりと拭き、寝間着に着替える。両親にありがとうといったあと、二階に上がった。

ホンダ先生との勉強中にも寝てしまう。宿題だってまともに取り組めない。それでも初めのうちはぎりぎり終わらせていたが、最近はそれもかなわなくなった。

僕は苦しかった。きょうこそは寝まい、と心に何度決めたことだろう。

いままで苦手だったコーヒーも飲んでみた。眠気を抑えるツボなんていうのも図書館で調べてきた。でもそれらの効果は一時的で、すぐにまた予告なく眠りが訪れる。

眠気が来たら顔を洗ったりすればいいじゃないか、と、両親に何度もいわれた。もちろんとっくに試している。だけど眠気は、たとえるなら顔パックのように、湿った膜となっていつも顔全体にべったり貼りついている。いくら洗ったところでとれない。しゃぼん玉の薄い膜とちがい、眠気の膜はすごく頑丈だ。

一日じゅう眠い。眠っても眠っても眠い。

「先生」

ある日、僕はおそるおそるいった。

「うん？」

ホンダ先生の声が柔らかく耳に届く。

四月下旬の水曜日、父は仕事、母はパートが休みの日。

前半を終え、いまは十分間の休憩中だけど、その前半も何度か思いきり舟を漕いで、先生に起こされてしまった。

先生は僕の目を見て言葉を待ってくれる。おやつのカステラには、まだ手をつけない。

息を吸い、

「おれ、ほんとはもっとちゃんとやりたいんです」

吐いた。

先生は黙ってうなずく。

「うとうとしないで、めりはりもって、ちゃんと勉強したいんです」

そうだね、と先生はいう。

だけど、と僕はいう。

「だけどできないんです。ちゃんとやりたいのに、気づいたら寝てるし、顔洗ってもすっきりしないし、もう、僕は、勉強に向いてないんです……」

ホンダ先生はなにもいわなかった。

麦茶をひと口飲んで、どう答えるのがいいか考え込んでいるらしかった。

外からは小学生の無邪気な声がする。バスケットボールをアスファルトにドリブルするような音も聞こえるから、これから数人で遊びに行くか、遊び終わって帰ってきているかなのだろう。彼らがいるような世の中に戻れたら、どんなにかすてきだろうと思う。窓を開け放ち、すぐそこにいるはずの彼らに声をかけてみたくなって、そんなことをしたって変なひとになるだけなのに、実際に窓に近寄って外を眺めてしまった。

しかし、姿は見えなかった。世の中の理不尽をなにも知らない楽しげな高い声と、ダムダムというドリブルの音も遠ざかっていく。幻のようだ。彼らはきっと、生きるのがとても楽なんだろうな。そう思った。妬みや嫉《そね》みではない。ただ、僕にもそういう時代のあったことを、哀しく思い出しただけだ。

彼はいまどうしているだろう？　あの、髪の長い彼。金色の折り紙できれいに手裏剣をつくって僕にプレゼントしてくれた彼と僕は、どのくらい仲がよかったっけ。あのころ、僕は生きるのが果たしてほんとうに楽だったろうか？

バスケットボールの彼らもたぶん、ほんとうは生きるのがむずかしくて、無心でドリブルをつづけているんだろうな。

ダム、ダム、ダム、ダム……。

「ダイスケくん」先生が僕の背中に声をかける。

僕は振り返る。

猫のひげのようなしわを頰に刻んで先生が笑っている。

「一週間、お休みしよう」

返す言葉を探していたら、「きっといまはそういう時期なんだ」とつづけた。

先生は立ち上がり、こちらに歩み寄って、僕の肩をとん、と叩く。

「大丈夫」

絶対大丈夫――。

でも、と僕はいう。「僕に余裕なんかないって、この前……」

ゆっくりと先生は首を振り、「ごめん」と唇を噛んだ。「まちがっていた。きみはいま、長めに休みをとって、余裕をつくるべきだ」

僕は慎重にまばたきをする。のどが渇いてくる。ダム、ダム、ダム、ダム。もう聞こえないはずのドリブルの音が耳の奥で鳴り響く。あのとき僕は生きる資格を失ったのだ。なのに生きている。のうのうと。「やはりもうお亡くなりですか。お飛び降りになりましたか」捨てたタキノの画面が光り、悪意のこもったメッセージを運んでくる。

勝手に引きこもり、勝手に追い詰められ、それで先生にこんなにやさしくされて。

これじゃあ、コウキに、申し訳が立たない。

ダイスケくん、と先生が呼ぶ。

「きみは勉強に向いてなくなんかない。まだ短い期間ではあるけど、僕はずっと見てきたんだ。ダイスケくん、きみは」

きみは頑張ることにちゃんと向いてる。

――僕はそれを聞いて、一旦ぜんぶ、どうでもよくなった。

ああ、いまの言葉があれば、僕はこれからも同じように生きていく。よかれあしかれ、生きていく。そういう気持ちが、じいんと、胸に沁み込む。きみだけの人生だから、とそんな言葉もはっきりとよみがえり、あの日すごく落ち込んだことも思い出して、そのことが少なからず眠りの症状に関係していることもわかるのだけど、先生が僕を意外なほど信じてくれていることがこんなふうに伝わってきたら、もう、ぜんぶ、どうでもいい。

僕は先生にお礼をいった。

先生はほほえんでうなずいてくれた。「泣くなよ」――そんなふうに、いつもより距離感が近い気もした。泣いてないです、と返したら、それで泣きそうになってしまった。

その後、荷物をまとめて帰ろうとする先生を引き止めて、せっかく用意していたカステラを一緒に食べた。ざらめがいちばんおいしかった。先生は「病院行くんだよ」といって、それから、一週間後に向けてひとつだけ宿題を出した。

6

一週間、たくさん外出して写真を撮った。そのあいだは眠くならない。いつもとちがう写真に挑戦したくて、銀座にも行った。ひとがわらわらしているようすはあまり好きになれないが、あの街のどこかクールな雰囲気はいい。レンズを通すとなおのことよかった。

むかしよく遊びに出掛けた場所も訪れた。港北ニュータウンのショッピングモールの屋上に観覧車があって、下から撮るとそれらしい写真になった。寄ったついでに新しい消しゴムを買う。そういえばこのショッピングモールの辺りはしばしばドラマに出てくるらしくて、母が「あ、あそこじゃない」と盛り上がっているのを最近耳にした。

レンズを通して世の中を観察することは、自分を見つめることとほとんど同義だ――自然とそう感じるようになった。ミキさんと一緒にではなく、たったひとりでカメラをかまえているからよけいにそう思えるのだろう。一週間をかけ、細胞のひとつひとつが端から改められていくのを感じた。脳みその一切が洗われていった。

空色ポストからまた一通届いた。裏面の言葉は「セイシュン!」。どこかの田舎にあるらしい坂道を、五人の少年たちが自転車で下ってくる。みんな満面の笑みだった。ついでに坊主頭だった。彼らをうらやましく思った。

ごくたまに知らない人に声をかけられて道を訊かれた。タキノをもっていないか、使いこなしていない人たちだった。新宿駅はどこかと尋ねられたときには、この道を行って次の次の交差点を右に曲がれば大通りに出るから、とうまく答えることができた。だけどほかはだめだった。僕だって初めて来るような場所ばかりだ。

病院には金曜日に行った。たぶん過眠症の一種だろうけれど、まずは一か月、毎日七時間以上眠って、その記録を書き残してほしい、といわれた。それでもまだ昼間に眠くなってしまうようであれば、詳しい検査をします。トクハツセイとかナルコレなんちゃらとか、むずかしい言葉も説明されたけれど憶えられなかった。

できる限り十一時には寝て六時ごろに起きるようにした。規則正しい生活だ。午前中がたっぷりある。部屋の掃除がはかどった。久々に机の抽斗を整理すると、やはり要らないものがわんさかと出てくる。へたくそな落書きで埋め尽くされた小学生のころのノート、軒並み芯の折れた色鉛筆十二色、セロハンテープの丸裸の芯、集めていたトレーディングカード、もったいない気がして一切使っていないキャラクターもののシール。

鍵つきの抽斗——小さいころの僕にとっては宝物だったがらくたばかりが入っている——を奥まで探っていたら、一枚の写真が出てきた。

こんなところにあったのか、と僕は思った。

「おまえも、写れよ」

抽斗の最奥でなにかの下敷きになっていたその写真は、引っ張り出したときにはすっかり折れ目がついていた。力加減によっては破れていても不思議じゃなかったけれど、なんとか全体は無事だ。僕は椅子に腰かけたまま、いちど息を深く吸い、努めて穏やかに写真を見つめる。似てるな、と思った。ジャングルジムで肩を組む、僕と髪の長い彼の写真が、オンコチシンによって見つかったのとよく似ている。

試合会場での集合写真。隅っこでコウキと僕が笑っている。

ふたりとも、こんな笑いかたしてたんだな。

なんにも不安がっちゃいない。大勢の部員の一員として、このときは試合にも出ないで、気楽に息をしている。ほかのひとは柔道着で、僕たちは学ランだ。部員たちは背筋を伸ばして堂々と直立し、表情は自信に満ちている。

僕は気を遣って撮影係を買って出て、でもオオハタ先輩が僕も写れというのを聞いて、なんてやさしい先輩なんだと思った。誰に指示されるでもなくカメラを受け取りに動いた自分にも、いたく満足していた。ダサいことだ。だけど、あのころ僕はそんなやつだった。いまも大して変わっていないんだろうな。

写真を裏返す。もちろん、なにも書かれていない。しかし、僕には見えるようだった。十二字以内の言葉が、とても、はっきりと。

思わずほほえんで、写真をもういちど表にし、鍵つきの抽斗に戻した。いずれまた見ることになるだろう。少なくともそのときまでは、捨てずにとっておこう。

そのようにして一週間が過ぎようとしていた。英単語も暗記しなければ、問題集も開かない。胸に吸い込める空気の量が、ずいぶんと増えたような心地がある。

最後に、火曜日の話をしようと思う。

僕は新宿御苑にいた。

ほんとうは山下公園に行こうと思ったのだ。けれど、体が勝手に動くようにして新宿方面の電車に乗っていた。オンコチシンだった。あまりにも自然に足がそちらへ進んだので、乗る予定のない電車に乗っていることに疑問を挟む余地などなかった。座席に着き、例の揺れにうとうとしかけたところで、自分が横浜駅方面に向かっていないことに気づいた。まあいいか。そう思った。

新宿三丁目駅で降り、いつもの出口を上がって、新宿御苑へは五分ほど歩く。窓口で生徒手帳を見せ、新宿門から入る。持っているのになぜか毎回パンフレットを取ってしまう。

地面には桜の花びらが一面に散っている。あと少しで四月が終わる。

花見の時季もとうに過ぎて、ひとは多くなかった。ふだんどおりの平日という感じだ。ハジメさんもいなかった。

この日僕は、空色ポストに写真を投函しに来たのではなかった。本来は山下公園に行く予定だったのだ。だから、手持ちはカメラといくばくかのお金だけだった。

新宿御苑の地理はすでにだいたい頭に入っている。ここの写真は撮り尽くしてしまったような気分もある。だけど、たとえ季節がまったく同じであっても、小さな視界には前回とはちがう景色が必ずある。小さな写真ばかり撮っている僕には、撮り尽くすということがない。

閉園までの数時間のあいだに、隅々まで目を光らせながら歩いた。撮ったことのない花があったり生きものがいたりするとすぐさまファインダーをのぞき込み、人差し指で何度もシャッターボタンを押した。

やがて義務感のようなものが芽生え、空色ポストのある奥のほうまで行った。空色ポストはふだんどおりにそこに立っていた。

「どうするんだ？　あした」

コウキが訊いた。

空色ポストまでの道のりにはレッドカーペットみたいに桜の花びらが敷き詰められていた。人工的な趣きがある。風もなく、辺りにはひとも僕たち以外にいなくて、とくべつだった。

桜カーペットの上にぽっかり地面が浮き出るようにして、誰かの足跡がつづいている。「誰だろう」——行く先に見える空色ポストまで、それは繋がっているらしい。

「無視するなよ」

隣でコウキが不満げにいう。

僕は足跡のひとつに近づいてみた。しゃがみ、カメラが地面にぶつからないよう気をつけながら、足跡をじっと睨む。

「してないよ」

アスファルトがまったくの剝き出しで靴のかたちをつくっている。ふつうに踏むだけでは決してこんなふうな足跡はできないはずだ。きっとこの足跡の主は、わざわざ一歩ずつ、手で靴の下の花びらをどけながら空色ポストへ歩いていったのだろう。

いったい誰が、こんな奇妙なことをしたのか。

そんなの、

「答えろって。あしたどうするんだ。再開したら、どうせまた寝るだろ」

わかりきったことだった。

地面を指先で軽くなでながら、僕は、

「そうかもね」

といった。

「は？」

顔の内側からほほえみがこぼれてくる。

きっとあのひとは、ごく最近ここに来て——もしかしたらさっきまでいたのかもしれない——こんなふうに足跡をわざわざつくって、抜群の写真を撮ったのだろう。

腑に落ちない表情のコウキに、僕は笑いかけた。

カメラを低く構える。地面に直接うつ伏せになって、ファインダーをのぞき込む。仮にあのひとがさっきまでここにいたのだとしても、追いかけることはしない。僕は、それがいい。

ファインダーの向こうには、思ったとおりの光景があった。

明るい空気に包まれ、桜カーペットが延々とつづく。そして、点々と足跡。いちばん向こうには、空色のポスト。

「コウキ」と僕は呼んだ。

「なに」

「ちょっと、その辺から、吹いて。ふぅーって、花びら、吹いて」

「はあ？」

怪訝そうな声を出しながらも、「こうか?」とコウキは風を起こしてくれた。

そう、そんな感じ。

これがなんになるんだよ。

いいから、つづけて。ずっと。終わりっていうまで、ずっと。

口をすぼめて柔らかく、やさしくコウキは息を吹きつづけてくれる。

桜カーペットの花びらが、小さく小さく、舞う。

その波に乗って、ひとつひとつの足跡が進んでいく。

僕は息を止め、人差し指に力を込める。

写真を撮り終えて顔を上げると、コウキがいたはずの場所では、ささやかに風が吹いているだけだった。


桜カーペットの写真を手渡すと、ホンダ先生は「ありがとう」といった。心のこもった、ほんもののありがとうだった。先生が少し泣きそうになっているように見えて僕は驚いた。

一週間みっちり、好きなことをしたらいい。

それが宿題だった。

提出方法はなんでもよかった。なにをしたのか話して聞かせるだけでも。

僕たちは部屋で向かいあって座っている。絨毯《じゅうたん》の上であぐらをかいて、まるで友達のようだった。先生は一週間前とは微妙にちがって見えた。具体的にどこがちがうのかはわからなかったけれど、背負っているものが、ちょっと軽くなっている気がする。この一週間で、先生にもなにかあったのだろう。

「余裕は、できた？」先生が訊いた。

「たぶん」僕は笑っていう。

「それならよかったよ」先生もほほえんで、写真を返す。僕は受け取る。猫のひげみたいなしわを見るのも一週間ぶりで、すごく、すごく落ち着いた。

「きみのための一週間だと思っていたけど」

そうして先生は相好を崩し、まるであの写真のなかの僕たちみたいに、からりと笑った。両肩から力が抜けて、僕はこんな先生を、初めて見たと思う。

コウキが「距離感なんだ」といったのを憶えている。「距離感をまちがっちゃいけない」

あたたかい笑顔のまま、どこか恥ずかしげに先生はつづけた。

「僕にもだいじな一週間だったよ」

僕たちは立ち上がる。机に向かい、勉強を始める。きょうはなんにも準備していないから、英単語テストはなし。一週間前の復習から入る。

先生がつくってくれている、要点をまとめたノートを開き、数学のややこしい定理をもういちど頭に叩き込む。手書きの文字は瞳を上手にくぐり抜け、意味をなして脳みそまで届く。例題を解いてみると、プラスとマイナスを逆に書いてしまったが、観覧車のあるショッピングモールで買った真新しい消しゴムの、立派な角が活躍をした。

三年後

父はビールを缶から飲んでいた。のどぼとけが波打つ。頭髪には最近白いものが交じりはじめた。「コウキくんのお父さんの会社にまた行ったんだが」と、なんとはなしにいう。「高校でも、元気にやっているそうだ」

父の取引先の会社に、コウキの父親が勤めている。といっても、コウキにはいま、父親はいないのだけど。僕の父が仕事でときどき顔を合わせるのは、むかしの父親だ。コウキの両親はコウキが小学生のころに別々になった。さらにいえば、コウキはお兄さんとも別々になった。そこからは、お母さんとふたり暮らしをつづけている。たぶん、いまも。

「高校でもって」僕は茶碗に残った米粒を箸でていねいに口に運ぶ。「もう一年もないよ」

あとひと月もすれば高校三年生に進級する。十八歳、迫る大学受験を肌で感じる年になるだろう。八月の頭までには部活を引退し、そこからは、完全に受験勉強一色の生活が始まるわけだ。

ごちそうさま、と手を合わせてから、食器を洗って片づけた。

高校では写真部に入っている。たくさんの誰かに見られることを前提にして写真を撮るのは、初めての体験だった。悪くはない。いいと思うときもたくさんある。それでも空色ポストの感覚を懐かしく思い返すことだって、それなりにある。

　中学を卒業し、ぎりぎりで受かった高校に進むと、はるばる新宿まで行っている余裕はなくなった。授業も、部活も、宿題も、模試も、ある。空色ポストは時間のあるひとびとに向けられたものだったのかもしれない。僕のもとにランダムに届けられた写真の数々を思う。あれらを撮ったひとたちは、いったい、どこでなにをしてきたひとだったのか。

　リビングを出ようとすると、「結局あれ行くの？　……ほら、展覧会」と母に訊かれた。

　秋ごろに案内状が来て、行くかどうか、ずっと迷っていたのだ。空色ポストの五周年を祝う写真展。いままで投函されたおよそ千枚の写真のなかから、百枚が選出される。僕の写真も展示してくれるということだったから、ぜひお願いしますと、その返事はすぐに出した。選ばれたのは、家族みたいに見える三羽の雀の写真だ。こうしてなにかに選ばれるなどとは思ってもみなかったけど、確かに気に入ってはいたのだった。

　その、空色ポスト写真展が、今週末に迫っている。

　写真部のひとを誘って一緒に行くことも考えた。けれど、あのころの、いまよりつたない写真を見られてしまうのは恥ずかしかった。あのころの僕の写真にあるよさを、いまの僕の写真がもっているかと問われれば、困ってしまうのだけれど。

　充分知っていたことだが、部活はむずかしい。写真のよさとはなにか――そういう価値観や思想みたいな部分で、摩擦が生まれてしまう。ひとりで好きに撮っているのとは勝手がちがう。それで自分の感性が磨かれていったり、時には諍《いさか》いに発展したりする。

迷った末に僕は、ひとりで行くことにした。

母にはなにも答えずに、二階に上がる。去り際にちらりと見えた母の表情は、さびしげだった。


高校はそれなりに楽しい。クラスの連中や部活の仲間たちとも、うまくやれているつもりだ。二年生の十月にあった修学旅行を境に恋人どうしが増え、数か月すると減ったが、僕にはそういうひとはまだいない。


写真展はべつに、見に来たひとが気に入った写真に投票をするわけでも、表彰式があるわけでもない。だから、気楽なものだった。会場は新宿の小さなギャラリーを借りてあった。入口には飾り黒板がかけられ、そこが空色ポスト写真展の会場であることを伝えている。ただし、空色ポストやこの写真展を知らないひとが目の前を通りかかったとしても、ふらりと立ち寄ろうという気には決してならないだろう。そのくらいの、ささやかな入口だった。

ドアを押し開ける。少し進んだところに受付があった。僕のような「招待客」はここで名前を告げなければならないという。スーツに身を包んだ女性がひとり、ほほえみをたたえ、きちょうめんな座りかたをしている。

「キノシタです」と名乗ると、彼女は手元の名簿から僕の名前を探しあて、蛍光ペンで塗りつぶした。ていねいなつくりの指先だった。すじ張った手の甲から伸びる長い指に、飾り気のない、しかしよく磨かれた爪が載っている。蛍光ペンの持ちかたも、実際にはそんなはずはないのだけど、なんだかとくべつに見えた。指揮棒を持っているような感じだ。くるくるとペン先が美しく動き、狙った場所に触れる。

どうぞ、と、そんな美しい手によってすぐ横の写真展入口に案内され、僕はいよいよ空色ポスト写真展の現場に足を踏み入れる。

そこは真っ白い空間だった。一見すると病院みたいだ。壁、床、天井、そのすべてが純粋な白で、それでも、病院とはちがう、心を緊張させない雰囲気があった。百枚の写真が大小さまざまのパネルになって壁に貼りつけられているのだが、そのパネルの側面が空色なのだ。懐かしい色がムラなく塗られている。

会場は学校の教室よりやや広い。ひとはまばらだ。数えるほどしかいない。どのひとも、写真の一枚一枚を慎重に、時間をかけて眺めているようだった。メモをとっているひとまでいる。

入って右手の壁から順々に見ていくことにした。

写真のパネルはとくに秩序だてて並べられているわけではなかった。横一列とか、五十音表のように縦の列が横につづいているとか、そうではなくて、大きさもばらばらのパネルが、なんのルールにも従わず、無造作に並んでいる。それぞれのパネルの下に、十二字以内の言葉とハンドルネームが添えられていた。どれも凝った言葉をつくっている。

顔も名前も知らないひとたちが、カメラのレンズを通して見ている世の中。ひとびとはそれなりの理由をもって、空色ポストに写真を投函する。五年間で千枚。そうとうな数だ。僕が写真を見ていくスピードも自然と遅くなった。足下のほうに貼られているパネルや、つま先立ちしても正面からは見ることのかなわない、天井に近いパネルもある。それで僕は、しゃがんだり小さく跳ねたりしながら一枚一枚を味わっていく。

「あ」

思わず、声が出た。

脇腹をくすぐられているような、半分恥ずかしくて半分うれしい懐かしさに襲われる。心と体のどちらが感じているのかもわからないくらいにくすぐったい。

いま、僕の視線の先にあるパネルは、見覚えのある雰囲気をまとっていた。

黄色や赤に染まった落ち葉の数々が地面を埋め尽くしている。それだけで充分きれいなのに、そこにはピンク色がまだらに散っていた。

桜の花びらだ。

まったく反対の季節が、ひとつの画面に同時に存在していた。ちぐはぐな雰囲気、それでいて妙な説得力がある。僕はパネルから目を離すことができない。この写真は大きめのパネルだったが、ふつうに立ったときの目線より下にある。油断すると見逃してしまうような位置だ。

それでも惹《ひ》きつけられるのだ。ひとやものを見てきれいだと思うのとは、ややずれた心の動きがある。居心地がいい——というのが、いちばん近いかもしれない。胸が高鳴るわけでも、不安を煽られるわけでもない、ただ気持ちのいい鼓動が全身をなでていく。

「春秋の終わりに」という言葉が写真を飾る。そうか、と僕は思う。ちぐはぐさとともに感じた妙な説得力というのは、春と秋の、ふたつの季節の終わりが写真のなかで重なっているせいなのか。すごい写真だ。ほんとうの季節はきっと秋の終わりだろう。春の終わりに集めておいた桜の花びらを、わざわざ落ち葉の上にまぶしたのだ。

ハンドルネームは「ハシモト」だった。

僕は気づいた。三年前、僕のところに届いた「忘れもの」の写真は、べつのひとが撮った写真だったのだ。たまたまハンドルネームがそうなっていただけで、全然関係がなかった。なんだ、と、三年越しに全身の力が抜けた。笑いがこぼれてしまう。

しばらく僕はその写真を見つづけた。脱力したおかげもあるだろうが、自分がパネルに溶けていくような没入感に、思いきり身を任せていた。

だから、

「少年？」

そう声をかけられたとき、心底驚いた。

心臓がまだもとどおりの位置に落ち着かないうちから、僕は振り向いてしまう。

「わあ、やっぱり、そうだ！」

そのひとは目を輝かせて高い声を出し、「あっ、静かにしなくちゃ……」と気まずそうに笑ったあと、僕の両肩に触れた。

「すごい、背、高くなってる」

ねえ、と、かつてのようにそのひとはいう、わたし、そうなんじゃないかなって、ちょっと思ってたの、少年、少年に会うかもしれないって、ちょっと、きのうあたりから考えていたの。

「そのとおりだった！」

触れた肩を押さえつけ、上下に揺らしてくる。そのひとの手を、僕は払い落としたりしない。

ピリリリリ、ピリリリリ、ピリリリリ、ピリリリリ、ピリリリリ……。

受話器を耳に押しつけたあのときの音が、いま遠くから、聞こえてくる。

〈ただいま電話に出ることができません〉という自動音声は、まだ聞こえない。

「ねえ」とそのひとは笑いかける。

三年か。あれから。

「元気だった？」

と、ミキさんは訊く。

制服はもう着ていない。代わりに、清潔な白のシャツとベージュのパンツだ。首元にえんじ色の大きなリボンが踊ることも、左胸にエンブレムが縫いつけられていることもない。ミキさんがつねに身にまとっていた制服はもはや、世の中のどこにもないのだろう。

僕は、肩に載ったままの手のひらを気にしながら、口を開く。

目が合う。ばっちりと。

緊張が走るなか、僕は答える。

「元気——」

あれ……どうだったっけ。

元気です、といえばいいんだっけ。元気だよ、といえばいいんだっけ。

三年。

声が出ない。言葉が出ない。

気持ちが追いつかない。

ミキさんとどういうふうに話していたのか、僕はもう、忘れている。


元気です、といったすぐあとに、ちがった、そうじゃない、と気づいた。一瞬、音のない気まずさが僕たちのあいだに佇《たたず》む。その一瞬を捕まえて、ミキさんは僕の肩から手を外し、笑顔の質を変えた。喜びのそれから、やさしさのそれへ。

「ミキさんは」慌てて僕はいった。だけど、あとの言葉がうまくつづかない。

「むりしないでね」

「いや、その」

「三年ぶりだもんね。しかたないよ」

ほほえみが胸に刺さる。僕はこんなにへたくそだったろうか？

ふたたび会えてあんなに喜んでくれていたのに、ミキさんは少し残念そうだった。僕だって、長い年月を隔てていてもきのう会ったばかりだというように話したり笑ったりしたかった。そうするべきだと思った。ミキさんはそれをやろうとしてくれていたのだ。でもむりだった。ミキさんの表情からほほえみは消えない。

「いいですね、この写真」

僕は逃げるように「春秋の終わりに」へ視線を移した。また敬語になってしまった、そう気づいたが、もう遅い。

「そうでしょ？　わたしもお気に入りだった」

ふたたびの沈黙。

ごく短い時間でも、わかってしまう。新宿御苑で出会い、べつの公園でお別れするまでの二か月間と、いまの僕たちとでは、生きるリズムがちがう。そうとしかいえない。だから会話がつづかないし、訊きたかったはずのことも、ひとつも訊けない。

どうして、いなくなったんですか——。

「少年の写真は？　どれ？」

あは、とミキさんは笑う。「少年って呼ばれるの、もう嫌かな？」

そんなことないです、と僕は首を振る。

「僕の写真は……まだ先だと思います。見つかってないから」

「そう」

僕たちは無言で歩きだした。パネルの一枚一枚を、それなりに時間をかけて見ていく。そのあいだ、会話はとくに交わさなかった。ミキさんは「へえ」とか「うん」とか「ほお」とかときどき声を出した。僕はその隣で黙っていた。

そうして僕の写真が見つかった。ミキさんの写真があったのと同じ壁の、入口から見ていちばん奥に貼りつけられていた。高さは目線くらい。パネルはとても小さかった。文庫本くらいだろうか。

「ふうん」とミキさんがつぶやく。

大きなパネルになっていることを期待しないではなかったが、こうして見ると小さいのも悪くない。二羽の雀が一羽の雀を、まなざしを温かくして挟んでいるこの写真には、こっちのほうが似合っているだろう。

「子、ふたりの親」という言葉が三羽の雀たちにふさわしいかどうかは自信がないけれど、やっぱりお気に入りだ。愛しい愛しい、にせものの家族。

ミキさんが肩を二度叩いて僕を振り向かせ、

「ねえ、すごくいい」

といった。

このときの笑顔が気まずさを紛らわすためのものには見えなくて、掛け値なしで心の底からいいと感じていて、僕がこんな写真をかつて撮ったことを喜んでいるようにさえ見えたから、僕はこう思った。この先何十年も経って、たとえ誰の名前を忘れても、この笑顔のことは忘れないでいよう。

「ありがとう」僕はいった。自然と自分も笑顔になった。

僕たちはもういちど三羽の雀の写真に顔を向ける。隣でぼそり、「やっと笑ってくれた」とミキさんがこぼした。え、と僕はいう。そのまま聞いててくれる、とミキさんがささやくから、僕はうなずく代わりに黙っている。

ミキさんはつづける。わたしね、いま、大学生なんだ。

わたし、前、いなくなったでしょう。あのときね、ひとりで生きていかなきゃって、必死だったんだ。いまとなっては恥ずかしいけど。ひととうまく接するのができないの。せっかく仲よくなっても、必ず失敗してしまう。だからダイスケ少年や、ハジメや、いろんなひとに迷惑をかけないように、ひとりで生きていこうって思ったんだよ。でもね、あのときだって最初から、そんなのむりだってわかってたよ。それでもやってみるしかなかった。少年ならわかるでしょう？

これ以上はいわないけど、とミキさんは前置きする。これ以上はいわないけど、そのおかげでわたしはこんなふうに、自分のことをひとにしゃべれるようになったよ。ミキさんはひとり、僕の写真を見つめたまま深くうなずく。僕はその横で、彼女の息遣いや唾を飲み込む気配や髪の毛を触るざわめきを感じている。

「ミキさん」僕はいった。「また、会ってくれる」

彼女は僕の肩をもういちど叩いた。

「また電話するね。こんどはほんとうに」

そうしてコウキがやってくる。

彼は紛れもなくやってくる。展示を一周し終えたら、彼は現れる。奇跡みたいに。信じがたいことだが、現実だ。

一台の車いすをひとりの女性が押してくる。僕の前を行くミキさんが道を譲り、図らずも、彼は僕の正面に位置することになる。車いすを押している女性には、確か、二度だけ会ったことがある。彼の母親だ。およそ四年ぶん歳をとっているはずなのに、彼女はそんな年月を微塵《みじん》も感じさせない。苦労とかそういうものを、撥ねつけるというより懐柔してしまうような、若さとはまたちがう美しさをたたえている。

車いすに乗った彼と視線が交わる。僕は立っているから、見下ろすかたちになる。

お互いに息を呑む。

時間が止まる。

この瞬間をずっと待っていたような気がする。避けながらも。コウキ、と僕は思う。コウキ。ぴたりと止まった時間のなかで、捨てたはずのタキノが震えだす。メールが、届いている。ごめん。その四文字。題はない。あのときから抱えつづけた後悔が見えない波となって押し寄せる。波は海の端っこを越えてくる。そうしてそのまま、まぶたを押しのけて外に出る。抗《あらが》うすべをもたない僕。


時間は動きだす。

車いすが進む。

僕のほうへ。

「コウキ」

あのとき、あの病室で出なかった声。


お友達？　とミキさんが訊くので、僕はうなずいて、「むかしの友達」と答えた。

「いまはちがうの？」

「……ちがわなかったら、いいな」

前へ一歩進み出て、ひさしぶり、という。

コウキは俯《うつむ》いていた。なにかいったかもしれないが、うまく聞き取れなかった。

「四年ぶりだっけ？」

答えはない。

怒ってるんだろうな、と思った。

沈黙が流れる。その場にいる四人ともが動けないでいる。

するとコウキが顔を上げて、

「ダイスケ」

そういった。

ぎゅっと胸が詰まるのがわかった。コウキが笑っていたからだ。俯いて黙っているあいだに、四年前のことを考えたのだろう。僕がそうしたように。

「元気にしてた？　いろいろあったとは……思うけど」

笑顔のままコウキが訊く。

僕はうなずく。

「いろいろあったけど、いま、元気」

四年前といまで、どこが変わっているだろう。苦楽をともにする初心者コンビでいることは、もうできないだろう。だけどそれは全然寂しいことではなかった。僕の正直な気持ちだ。こうして奇跡のように再会できた。空色ポスト写真展で。

「なんでここに？」

そう尋ねると「たまたまだよ」と返事がある。コウキは車いすの車輪を自分で回して近寄ってくる。「ダイスケの写真もあるんだって？」

あるけど、といって、気づいた。「おれの写真『も』？」

口角をいたずらっぽく上げるコウキ。

「あんまりおれをなめるなよ」

コウキはいった。

ほんとかよ、と思わず声が漏れる。「じゃあ、おまえの写真も選ばれた……のか」

「あたりまえだろ」

驚きすぎて、僕は言葉を失ってしまった。

コウキも空色ポストをいつからか利用していたということだ。新宿御苑のあのポストを。

「ダイスケの写真、どこにあるんだ？」

あっち、と僕は会場の奥を指差す。コウキをそちらに案内しようとして、いつのまにか、ミキさんがいなくなっていることに気づいた。僕の隣には真っ白の床が残るのみだ。

彼女はまた、僕のもとから消えてしまったのだろうか。電話がかかってくることも、こうして会うことも、一緒に写真を撮ることも、もう二度とないのだろうか。

そんなことはないと、確信をもっていえた。ミキさんはもう「それは訊かない約束でしょ」なんていったりしない。僕は安心して車いすの後ろに回った。ハンドルを握り、写真をめざして押していく。そう――コウキの母親もまた、いなくなっていた。

車いすに座っているコウキの頭はちょうど、僕のみぞおちの辺りに来る。

僕はゆっくり進んでいく。

気がつけば、誰もいなくなっていた。空色ポスト写真展には、いま、コウキと僕だけだ。

世の中がそういうふうに用意してくれたのだ、とわかった。

これは夢じゃない。いま僕が車いすを押しているコウキはにせものじゃない。その証拠に、いままで僕が心のなかに登場させてきた幻のコウキは、車いすに乗ってはいなかった。白の空間に、僕とコウキだけがいる。車いすの両輪は、音もなく、なめらかに回りつづける。

「これ」と、僕は足を止めた。「雀のやつ。おれの」

コウキはまず、黙って写真をじっくり観察した。隅から隅まで。目線よりは高い位置にあるから、頭が後ろに傾いている。

そしてひとつ息を吐き、ひとこと、「すごい」といった。

僕の胸のうちがじんわりと温かくなる。コウキはまだ写真から視線を外さない。

なあ、コウキ、と僕は思う。

いままでどうしてた？

「やっぱりダイスケはすごいなあ……」

こちらを振り向いてコウキがいった。思わぬ言葉が飛び出してきたので、僕は返事に困ってしまう。照れ笑いを浮かべるだけだ。しゃべるのがへたになっているのだろう、やはり。やっとのことで、そんなことないと答えたけれど、それもかすれ声になった。

誰もいない写真展。真っ白の壁、床、天井。

いつもとは時間の流れかたが全然ちがっている。僕にはそれが心地よかった。時間はいつもよりゆっくりで、くねくねしている。決してまっすぐには突き進まない。寄り道もするし、なんなら引き返したりもする。

むかしの友達の乗る車いすを、僕が押している。それが引き金となって、こんなふうに、世の中を変えたのだ。

「コウキのはどれなんだよ?」僕が訊くと、「大したことないよ、おれのは」なんて謙遜するから、後頭部を指で弾いてやった。

「なにすんだよ」

「うるせえ」

僕の写真を見せるために、ほかの写真を見ることなくここまで来てしまっていたから、僕たちは最初からやりなおした。入口のすぐ横から壁づたいに、コウキの撮った写真を探す。一枚一枚に時間をかけている心の余裕はなかった。するすると進んでいく。

やがてふたたび僕の写真を通り過ぎ、コウキがしぶしぶといったぐあいで指を差した。

それは見覚えのない写真だった。入口の向かいに位置する壁の、どまんなかに貼られている。そんない い場所に、展示を一周したはずの僕にも見覚えのない写真が貼られている。僕は車いすのハンドルから手を離し、コウキの隣に並ぶ。

その写真は、あまりにも強烈だった。

「ここ――」といったまま僕の口はぴたりと止まった。時間がこれまでよりも激しくうねりはじめるのが、肌で感じられる。ここは、僕たちの。五年前から四年前にかけての、あの一年に満たないあいだの。

むかしに引き戻される。頭がぐるぐるする。コウキはいったいどういうつもりでここの写真を撮ったのか。めまい。のどが渇く。心がたわむ。体が揺らぐ。「ここは——」。コウキが隣で「おれなりの覚悟だった」という。笑っている。「覚悟を決めて、ここを撮った」

それは、歩道橋の写真だ。

あの日々、部活の帰り、ふたり並んで何度も渡り、何度も語らった歩道橋。

歩道橋の上から、遠くを望むアングルで、柵越しに夕焼けを捉えている。カメラの位置はたぶん高くない。ちょうど、車いすの高さ——ああ、と僕は思う。あのころ上り下りしていた歩道橋の階段を、コウキはもう使わないのか。代わりにスロープを使うのか。

ハンドルネームは「コウキ」で。

「僕は友達を待っています」というのが、この写真に添えられた短い言葉だった。

心臓が、血液ではなく涙を全身に送り出している。やがて体の容積が足りなくなって、たくさん溢れてくるだろう。そうなるままに任せておこうと思った。鼓動がひとつ弾むたび、おおよそ八十ミリリットルの涙が血管を駆けめぐり、筋肉や脂肪や骨や皮膚に滲みわたる。それでいい。

僕たちは長い時間そうして写真を見つめていた。

この歩道橋さ、と僕はつぶやくようにいった。「おれも、前に行ったよ。中二のとき」

「そうか」コウキはうなずいていてつづきを待つ。

「クドウ先輩が通ってさ。あのひと、お人好しだから、新しい一年にカモにされてた」

「そうか」

僕たちはまたしばらく黙った。なにかいう前に頭のなかで言葉を吟味して、口に出すことなく諦めてしまう。それは心地よい時間だった。空調の音だけが空間に響く。

やがて、会いに行かなくてごめん、と、コウキがつぶやく。

コウキの口からこぼれたその言葉は、この白の空間に、しゃぼん玉の泡となって浮かんだ。空気に乗って流れていき、僕の耳に入って割れる。

いいよ、そんなの。僕はいった。「おれも行かなかったし。それに、たった四年だよ。なんてことない」僕の言葉も同じように泡となって流れていく。

しかしコウキは、

「そうじゃないんだ」

とうつむいた。

「たぶん――十年なんだ」

そういってポケットから一枚の写真を取り出す。いま見ているのとは別の写真だった。両方の手のひらの上に載せ、こちらに突き出してくる。

こんどは見覚えがあった。とても。まったく同じものを、僕も持っているから。部屋の箪笥の上に飾っているから。金色の折り紙でできた、きちょうめんな手裏剣と一緒に。

だけど、この写真をコウキが持っているなんていうことは、ありえないはずだった。

ジャングルジムの上。

青空をバックに。

僕と彼が、肩を組む。

コウキが顔を上げ、ほほえみともつかぬ、泣きだす直前ともつかぬ表情で、

「ひさしぶり」

と、いった。

中学二年に上がると同時に転校し、もっとあとになって、コウキは思い出したという。ずっとむかし、小学一年生の終わりに両親が離婚して、父と、五つ上の兄と離れ離れになる前の、ささやかな友達のことを。

引っ越してから開封しないままだったダンボールを整理していたら、この写真が出てきた。コウキの脳みその片隅が、強く刺激された。むかし、ずっとむかしの記憶。

なんだっけ……、名前。

仲、よかったんだけどなあ。

あとになってコウキは思い出す。

ダイスケだ。

一年生のあいだしかあの小学校では過ごさなかった。卒業アルバムも当時の連絡網もなくて、名前を確認するすべはない。

だけど、写真には面影があった。記憶にある中学一年生の僕の姿かたちは、しっかりと——とくに目元の辺りに——残っていたという。

なんでもっと早く気づかなかったんだろう。

転校するより前に。部活が楽しかったころに。

後悔した。マンションの四階から死にたくて飛び降りたのに、不覚にも生き延びて、それならと、人生を新しく始めたつもりでいた。飛ぶ直前までの人生には、なにひとつ思い残すことはなかった。――そのはずだった。だからこそ写真を始めたのだ。

しかし、むかしむかしの友達と僕がこうも結びついてしまったら、それは呆気なく崩れた。前の人生には、思い残すことが、たったひとつ、ある。そう認めざるをえなかった。空色ポストを知ったのもこのころだ。

会いに行こう、と決めた。いますぐじゃなくていい。準備ができたらでいい。会っても大丈夫だと確信できたらでいい。

僕に会って、柔道部での一年間を思い出すことをコウキは恐れていた。飛ぶ瞬間の、なにもかも諦めたあの気持ちや、落ちているあいだに駆け巡った走馬燈を恐れていた。植え込みにぶつかって勢いを弱め、死ねないとわかったときの絶望と、死なないとわかった安堵を恐れていた。

会いたいかどうか。それでいえば、少しも会いたくなかった。

でも、会わなければいけない、とわかっていた。それが会いたいということなんだとも。

「おれは過去と向きあわなくちゃいけなかった」

長いあいだ悩んだ。新しい学校で、新しい人生を、新しい友達とともに送りつづけることは、べつにむずかしくなかったから。

「だけど、心の底に、ずっとなにかが沈殿してた。あったためても、かきまぜても、溶けない」

決心がつき、歩道橋の写真を撮ったのは、最近のことだった。高校二年の夏ごろのこと。行動を起こせば呆気なかった。シャッターを押した瞬間に確かな手応えがあったという。そうして、秋に「空色ポスト写真展」の案内状が届き、展示される百枚に選ばれていた。これをとんとん拍子というのだろう。

写真展を観終わったら会いに行こうと決めていた。

それなのに、いきなり写真展で邂逅《かいこう》するなんて。

「おれ、初めて世の中に感謝したよ」

コウキは笑った。

僕は手の甲で目をこする。

「遊びに行くっていったのに、遊びに行かなくてごめんな」

そうつづけるコウキの浮かべた笑顔がさわやかで、僕はうれしかった。コウキの手のひらから幼い僕たちの写真を受け取る。「あいつは、おまえだったんだな」オザワの予言は、当たっていたんだな。ライバルとかなんとかいう。僕は写真とコウキを見比べる。「髪型がちがいすぎて、さすがにわからなかった」

ふふ、はは、と僕たちは一緒に笑った。

「あのとき、病院でおれ、ひどいこといったよな」

ううん、と僕は首を振る。気にしてないよ。

「嘘つくなよ」

「ついてない」

「ついてるだろ」

「ついてない」

　じゃあいいや、と、諦めてコウキはまた笑う。

「なあ、コウキ」

　僕はジャングルジムの写真をコウキの前に差し出し、目の端を湿らせた満面の笑みで、いう。

「これ、いい写真だよなあ、ほんとうに」

　おまえが最後の手段に踏み切ったとき、なにもできなかった。おまえが僕を止めようとしたとき、僕は止まらなかった。死のうとして高いところから飛び降りるのは、もしかしたら僕だったかもしれない。そうなればおまえはきっと、僕をちゃんと救ってくれただろう。僕にはそれができなかった。あの病室で、僕はおまえに、なにひとついってやれなかった。

　謝りたいのは僕のほうだ。だけど、後悔を自分勝手に帳消しすることはできない。

　写真をコウキに返し、車いすの後ろに戻ってハンドルを握る。二、三歩ぶん車いすを引いて下がり、歩道橋の写真を眺める。夕焼けがきらめく。「僕は友達を待っています」。僕らはこの日をずっと待っていた。世の中がもういちど引きあわせてくれる日を。奇跡みたいな話だ。奇跡が二度は起きないことも、なんとなくわかる。だから、こんどはちゃんと伝えなくてはいけない。また会えなくなったとしても、必ずもういちど会えるように。

コウキがうなずく。いい写真だな、ほんとうに。

中学一年生の日々が歩道橋を中心にして放射状に広がっている。コウキがいて、僕がいる。僕たちは毎日のように同じ道を行ったり来たりする。ときどきクドウ先輩も一緒にいる。オオハタ先輩がなにかいう。「オオハタのオオは、おおらかのおおだからな」。ナガサキとワタナベが僕たちを意地悪な目で睨む。僕たちは気にしない。山下公園を歩く。コウキが顔を赤らめて、シロヤマ・アサヒの話をする。そうだ、僕に好きな人ができたら、いちばんにコウキに報告しなくちゃいけないんだった。僕らはいつもの道を歩く。歩道橋を下ったら、Y字路でお別れ。そのくりかえしによって、毎日が一日ずつ新しくなっていく。

確信する。オンコチシンは、これで最後だ。

真夜中のメール。乗り捨てた自転車。救急車のサイレン。きみら最高のともだちじゃ。オザワの予言。

帰ってくれよ。来ないでくれよ。

病室で伝えそこねたこと。

なあ、コウキ。

僕はいう。コウキの背中に向けて。車いすのハンドルを、強く、強く握る。顔も名前も知らないひとの写真に満ちた白の空間に、まるで、世の中のすべてがある。

「これからも、よろしく」

それだけを伝えるために空色ポストはあったのだ、という気がした。

歩道橋から見える景色は、あのころと少しもちがわない。

父から譲り受けたカメラを構え、僕は、ファインダーをのぞく。目の覚めるような青空を背景に、ジャングルジムの上で肩を組む僕らを撮ったカメラだ。そんなカメラなら、なにを撮ってもいい。このカメラなら、世の中はどうしたって輝いてしまう。電話は必ずかかってくるし、友達とはいつでも会える。

僕は息を止め、人差し指に神経を集中した。頬に触れる空気は心地がいい。そうして柔らかく、シャッターボタンを押し込んだ。

この作品は書き下ろしです。原稿枚数三七三枚（四〇〇字詰め）。

〈著者紹介〉
北川樹　1997年生まれ。早稲田大学文学部4年在学中。今春に卒業予定。本書がデビュー作。

ホームドアから離れてください
2020年2月5日 第1刷発行

著　者　北川 樹
発行人　見城 徹
編集人　石原正康
編集者　岩堀悠　君和田麻子

発行所　株式会社 幻冬舎
〒151-0051 東京都渋谷区千駄ヶ谷4-9-7

電話:03(5411)6211(編集)
03(5411)6222(営業)
振替:00120-8-767643
印刷・製本所:株式会社 光邦

検印廃止

Printed in Japan
ISBN978-4-344-03567-6 C0093
幻冬舎ホームページアドレス　https://www.gentosha.co.jp/

この本に関するご意見・ご感想をメールでお寄せいただく場合は、comment@gentosha.co.jpまで。